一国人有一国人的特色

# 日本的细节

高鸣 著

JAPAN

安徽师范大学出版社

责任编辑：潘　安
装帧设计：戚平康

**图书在版编目（CIP）数据**

日本的细节 / 高鸣著. —芜湖：安徽师范大学出版社，2018.3
ISBN 978-7-5676-3457-2

Ⅰ. ①日… Ⅱ. ①高… Ⅲ. ①随笔－作品集－中国－当代Ⅳ. ① I267.1

中国版本图书馆 CIP 数据核字（2018）第061428号

RIBEN DE XIJIE
**日本的细节**
高鸣　著

出版发行：安徽师范大学出版社
芜湖市九华南路 189 号安徽师范大学花津校区　邮政编码：241002
网　　址：http://www.ahnupress.com/
发 行 部：0553-3883578　5910327　5910310（传真）　E-mail:asdcbsfxb@126.com
印　　刷：虎彩印艺股份有限公司
版　　次：2018 年 3 月第 1 版
印　　次：2018 年 3 月第 1 次印刷
规　　格：889 mm×1 194 mm　1/16
印　　张：11.5
字　　数：117 千字
印　　数：1000 册
书　　号：ISBN 978-7-5676-3457-2
定　　价：50.00 元

# 自序：一码归一码

一国人有一国人的特色，比如说吧，法国人浪漫，德国人严谨，美国人豪放，以色列人富有创新意识，日本人讲究细节，等等。

我想用杂文形式写写这些国的人。除了中国人，日本人见得多一点。去过几次日本，收集了八九十个有意思的细节，于是先有了《日本的细节》。

《日本的细节》中的短文陆续在微信上发表过，读者中分成了两派。一是赞成派，认为日本人的许多细节体现了国民的高素质。一是反对派，尽管不否认那些细节的真实性和可贵之处，但以日本人侵略过中国为由，反对说日本人的好，并说出要抵制日货之类的话。

在我看来，日本侵略过中国是事实，日本人讲究细节，在许多细节上做得好，也是事实。两个事实是两回事，不能混为一谈，应该一码归一码。譬如，中国人在长期的封建专制奴役下，把自己看成臣民、老百姓，缺乏公民意识，柏杨、鲁迅对中国人丑陋的国民性哀其不幸，怒其不争，但中国人也有吃苦耐劳的优点，中国人的文字语言是世界上最好的。

有坏说坏，有好说好，才实事求是，才理性公平。

《日本的细节》，大多是赞美，也有批评。

# 目　录

# 1. 打破杯子不用赔

2015年6月去日本体检，在东京的一家五星级酒店住了几天。

日本酒店服务好，早已闻名全世界，所以当我享受到方方面面体贴入微的上佳服务时，早有心理准备，并无受宠若惊之感。

或许是上天成心要让这家酒店感动我一回，发生了这样一件事：临走时，我不小心打碎了房间里的一只玻璃杯。我随即通知服务台，主动提出赔偿，请他们开价。没料到，酒店不但声明不用赔，而且没有半句责备的话，反倒一面和颜悦色地说些“让你受惊了”，“划破手没有”，一面派人前来捡拾碎玻璃。来者直到将碎片拼凑成完整的杯子，确定房间里再无玻璃残碴，才放心退下。

此时此刻，我脑海里映出前些年在广州一家豪华宾馆被罚款的画面：退房时，服务员发现枕巾上有染发退色的痕迹，勒令我赔偿30元。许是怕我不从，还脸露凶相。

两相对比，我不仅比出了日本酒店对客人的好，而且比出了日本商人的聪慧。你想想，收了上千元人民币的住宿费，还跟客人计较诸如枕巾有退色、杯子打碎之类微不足道的小事、小钱，看起来仅是在跟客人过不去，是在合法维护自身企业的利益，实际上因此让客人不乐意，到头来坏了声誉，少了回头客，吃大亏倒大霉的还是店家。

今年底下年初，我还有机会去日本数天，还会去东京，还会去住打碎杯子不用赔的那家酒店。

对顾客好，是商人的聪慧！对别人好，是做人的聪慧！

## 2. 准时到秒

在赌场，客人十赌九输。为什么？不是运气问题，不是技术问题，是概率问题，赌场的游戏规则决定了赌客输的概率大。

电商和实体店竞争，谁输？在中国，实体店输；在日本，电商输。

日本实体店打败电商靠什么？一言以蔽之，靠优质服务。温暖的微笑，电商有吗？没有，实体店有。跪式服务，电商有吗？没有，实体店有。购物后的积分券可在商场的美食厅就餐，电商有吗？没有，实体店有。种种受顾客欢迎的服务电商没有，过去没有，现在没有，以后也难有，于是理所当然输给了实体店。

耳闻不如目见。为了见识日本实体店的好，一天上午我特意去了东京的一家大型商场。

这家商场每天上午10点开门迎客。我是9点55分来到店门口的。听同样等开门的一个中国人说，商场会准时开门，准时到秒，不会早开一秒，也不会晚开一秒。

我好奇，看着手表上的分针及秒针，以检验“准时到秒”的虚实。秒针到，店门开。我信服！

准时到秒，是对顾客的体贴。假如晚开，会让准时来的顾客浪费时间；假如早开，会误导顾客，使他们下次因早来而吃闭门羹。

准时到秒，是一种诚信。一秒不差，说到做到，表明的是一种态度，反映的是一种性格，体现的是对顾客的尊重。

准时到秒，商店可学，人人可学。参会、赴约，准时为妙！

# 3. 故意的“败笔”

生活中，难免败笔。有人说，装璜总是遗憾的，尽管当初设计得如何完美，一旦做成，总会发现这里那里的不足，即败笔。

败笔，我们不乐见，刻意避免之，出现实属无奈。

这里有个故意的“败笔”：日本有家幼儿园，一座不足10米高的七层建筑，每一层空间非常狭窄。这样的“副作用”是，孩子们容易发生磕碰，甚至受些小伤，受些皮肉之痛。如此的建筑设计，通常会被贬为败笔。但幼儿园园长深明设计师的良苦用心，对此设计大为赞赏。他和设计师的理念是：孩子需要适当地受伤和跌倒，否则长大后如何面对挫折？！

故意的“败笔”，这个细节给我们启迪，给我们教育。

对孩子的关爱之心，全人类都有，甚至动物也有。然关爱的方式却千差万别，最大的区别是，有的把关爱的重点放在了眼前的宠、照顾和保护上；有的从孩子的长远利益和根本利益出发，把关爱的重点放在培养锻炼孩子的心智、性格和能力上，哪怕一时一事让孩子吃点苦，受点挫折，也在所不惜。

在爱孩子的问题上，人类可以学学狼。狼之父母，为了子女具有独立生存的能力，会在它们接近成年之时用武力把它们赶走。当下来看，似乎残酷，但从长远计，从根本计，这是对的，是大爱！假如子狼长期跟随父母，少了独立“食弱肉”的能力，老狼死了怎么办？

# 4. 干净的野猫

我是不喜欢猫的，因为猫不知感恩，你对它再好，它无动于衷；猫还不可教，所以马戏团里没有猫的表演。

不过，我还是感觉到了图片中这只日本街头野猫的可爱。为什么？因为它非常干净。

干净，实在重要！《山楂树之恋》这部小说以及改编的同名电影，深受读者和观众欢迎，千千万万的男男女女为之感动。为什么？原因是讲述了干净的爱情。干净，干净，还是因为干净。

我在报社、电台数十年从事文字工作，明白文字的干净尤为重要，干净比生动重要，干净还比鲜明重要。

曾经听一位企业家说过，看一家企业管理怎么样，去厕所看看便知晓，干干净净，一尘不染，滴水不污，证明这家企业管理一定上乘，反之亦然。

另有一个企业家说，要知道一个老板管理是粗线条还是细线条，看看他或她的办公桌干净不干净就行。

在此我想说，看一个国家环境保护怎么样，看看街头巷尾野狗野猫干不干净便知分晓。

# 5. 斜穿马路

我是一个喜欢步行的人。步行，无碳交通，环保又节能。步行，恰如散步，有健身功能。

在闹市区步行，亦有烦恼，比如过马路频遇红灯。尤其要去十字路口马路斜对面，就得走两个对面，难免两遇红灯。

凡有红绿灯的十字路口，去马路斜对面，必得先直穿马路，再横穿马路。以我的见闻，这样的交通规则，通行全中国，世界上许许多多国家也如此。

对于步行者来说，要是能在合乎交通法的前提下，可以斜穿马路就好了。如此，不但可以少等一个红灯，而且可以缩短一点路程，一举两得，多好啊！说得夸张一点，这可是一个行路梦！

前些时去日本，居然在东京的一些街头实实在在见到了这样的现实：马路斜对面架设红绿灯，地面上有通往斜对面的斑马线，绿灯一亮，行人便可斜穿马路。如此人性化的交通规则，节了步行者的时，省了步行者的路，提高了马路的交通效率。

我想，可以斜穿马路这个细节，是设计者想步行者之想，急步行者之急的结果，也是打破常规思维，勇于创新的胜利。

# 6. 五片牛肉

晚上10点多，日本大阪的一家面馆还是宾客满座，在此生活十年有余的朱小姐从机场直接带我来这里晚餐。

餐单上的食物挺简单，仅有牛肉面、鱼肉面和素面三个品种。三种面均有图片及文字介绍，当时有点饥饿的我点了牛肉面——那面条上清晰地盖着厚厚的5片牛肉。不知是为了和我保持一致，还是与我口味相同，朱小姐也点了牛肉面。

所点之面未上桌前，我有点怀疑，既怀疑牛肉不足5片，又怀疑牛肉厚度不够。

事实证明，我是以小人之心度君子之腹。上桌的牛肉面，不仅牛肉一片不少，而且牛肉比图片上的看起来似乎还厚一点。

朱小姐对我说，餐单上的图片实际上是一种广告，日本的餐饮店是以广告上的图片及说明作为数量和质量标准的，实际的出品会等于或高于标准。

吃着美味的牛肉面，我想到了国内那些名星代言的伪劣商品，想到了新近倒下的几家颇有名气、有地方政府和大媒体背书的理财公司，想到了许许多多虚而不实的广告。

5片牛肉，吃出了别样的滋味！

# 7. 没有砍价

几十年前，就听说这样的一句话：“苏州人杀半价。”

近些年，在我们的生活中，商家虚开价，顾客狠狠砍的事，屡屡可见，近乎成了常态。别说杀半价，半价以后再打折的也不鲜见。

上个周末与三五好友去海宁皮革城转转，见到一件心仪的皮草，便翻看价码——12万元。还没等我有所反应，一名营业员上前声明：无需看标价，如你看中，可1.2万元成交。再还价，价格降至九千元。

从12万元降至九千元，一折都不到，行话叫做“打一折再转个弯”。如此打折，打折如此，杀半价的苏州人定会脸红吧。

听朋友说，在日本，商家每件商品都明码标价，顾客不砍价。数月前，我去日本体检，免不了也进了几回商场，购了几件物品，确乎没有砍价的。

有人说，中国的消费者喜欢砍价。也有人说，中国的商人不诚信，虚开商品价格。不管怎么说，现实就是这样：你开高价，我狠杀价，你狠杀价，我再高开。如此循环往复，互不信任，增加了许多不必要的交易成本。

在上述的商业环境下，起先是，不会还价的消费者吃亏，不会虚开价格的商人吃亏，到后来，几乎所有的消费者会砍价了，不虚开价格的商人也近乎绝迹。什么叫两败俱伤，这便是典型的一种！

我相信，没有砍价这个细节，在将来的中国商品市场，也会成为一种常态。因为，国人终究是聪明的！

# 8. 以死谢过

在我收集的日本八九十个细节中，有好多细节让我感动，但令我心酸的，唯有“以死谢过”这个细节。

事情是这样的：有个经营一家杂货店的日本商人，多年来本本分分做人，诚信经商。可是有一次，不慎从国外进了一批质量有点问题的商品，且在不知情的情况下卖出了一些，引起顾客不满，影响了商店及他本人的声誉。为此，他羞愧万分，无地自容，有口难言，竟然自尽了——以死谢“罪”。

不慎进了劣质货，无意中又卖出了些，本不能以罪论之，仅是过错而已。有了过错，知晓就好，认错就好，改正就好，弥补就好。比如这位日本商人，完全可以向顾客赔理道歉，并给予退货，大可不必以死明节。自尽死了，除了谢过，除了明节，就没了把事情做好的机会了。

此其一。其二，生命诚可贵，轻视生命，包括轻视自己的生命，也是不道德的。

尽管反对这位日本商人因自责而中止自己的生命，可我还是情不自禁地被他的自责精神感动到心酸！

有了过错便自尽，我们自然不可仿效，但是，有了过错需自责，却是万万应该的。不知国内那些为了自身之经济利益，故意制假售假的生意人，读了这个以死谢过的细节，有何感想？！

# 9. 街上不见垃圾桶

日本的城市街道干净无比，却不见一只垃圾桶。

凡有人群的地方都会产生垃圾，街上没有垃圾桶，垃圾去哪了？

走在日本的街道上，可见日本人普遍背个大包包。包大容量大，里面装的好多是垃圾，他们把垃圾背回家，再分类，再按规定的时间放到规定的地方。

街上没有垃圾桶，就省了这笔设施费，还省了清理垃圾的环卫工人。

人人把垃圾带回家，使城市马路清洁如洗，大有“城市是我家，卫生靠大家”的味道。

“城市是我家，卫生靠大家”这样的标语，这样的公益广告，在国内屡屡可见，可“大家”中的一些人似乎靠不住，别说把自己产生的垃圾放进自己的包包带回家了，连放进路边的垃圾桶都做不到，常常随手一掷了之，只图自己方便，不管城市卫生。

我有一个交往颇多的熟人，几次三番见他在马路上掷废纸之类的垃圾。起先以为他不讲究卫生，后来有一次去他家，发现他家干净得一尘不染，一了解，家里的卫生工作还是他亲自动手做的。我这才恍然大悟：原来，不是他不讲究卫生，而是他没有把城市当成“我家”。我进而明白，我们的城市之所以不够卫生，恰恰是相当部分的市民没有把城市看成是“我家”。市民不把城市当成家，再多的垃圾桶不顶用，再多的环卫工人也白搭！

如何才能让市民从心底里把城市当成家？我不知道，让知道的人来回答吧！我仅知道，“城市是我家，卫生靠大家”这样的标语，挂上一万条，也是浪费布料、纸张和人力。

# 10. 纸质阅读

2017年夏天，我有机会在上海乘了几趟地铁，又有机会在日本东京乘了几趟地铁。共同的感觉是人多——挤；不同的细节是，上海地铁里看手机的多，东京地铁里读纸质书的多。

看手机，多有玩的成分，俗称玩手机。读纸质书，大有学习的意思，是谓看书学习。由看书而知书，知书达理；玩手机，玩物丧志。

诚然，看手机的，其中有的在读电子书。但读电子书，总不如读纸质书。曾听一位大作家说，真正的读书人不读电子书，只读纸质书。

在国内航班和国际航班上有这样的现象：看纸质书的，坐头等舱的比坐普通舱的多。

我在江苏的数十家五星级酒店和四星级酒店开办了书店，明显的，书的销量“五星”大胜“四星”。

是坐头等舱和住五星级酒店的人有钱才买书读吗？应该倒过来说，是喜欢读书的人容易有钱！

在地铁里是读纸质书还是玩手机，不是一个偶然现象，差不多是一个人现在是个什么样的人决定的，并且，大约还将决定这个人以后会成为一个怎样的人。

提倡纸质阅读！

# 11. 停车不开空调

你有这样的的经历吧：炎热的夏天，走在马路上，经过一辆停着的、里边有人的汽车，汽车空调的热浪让你热上加热，煞是难受。

这样的经历，这样的难受，在日本你遭遇不到。为什么？因为日本的司机停车不开空调，他们宁愿自己在车里闷热，也决不为了自己的凉快而开空调，把热浪和废气送给行路人。

停车不开空调，顾了别人，苦了自己。这是什么精神？这是以他人为中心的精神！这是对以自我为中心的反对！

无独有偶，还有一个细节，体现了日本司机以他人为中心的精神——不对行人按喇叭。有一次，我在日本著名的商业街“心斋桥”闲逛，见到一辆小货车跟在几个行人后面慢慢地行驶，既没有按一下喇叭，也没有把头伸出窗外喊一声，催促他们让开路。

停车不开空调，开车不按喇叭，是尊重别人的权利。一个社会，人人尊重别人的权利，自己的权利才有保障，因为每一个人都是别人眼里的别人。

为了别人，也为了自己，尊重别人的权利吧！

# 12. 退房不查房

住酒店，退房时要查房，我们已习以为常。尽管如此，每次退房时，心里总是不悦。

要查房，分明是被不信任，故而不悦。查房是要时间的，通常需10分钟左右，在服务台前傻等，又是不悦的原因。

在这无聊的10分钟里，我曾想，倘若以后自己有机会开家大酒店，必定免了查房，既表达对客人的信任，又方便客人，同时省了酒店服务员查房的麻烦。何乐而不为之？！

没想到在日本，退房不查房已成惯例，五星级是这样，低星级是这样，民宿也是这样。每每在退房时一交房卡便可走人时，我总会生出一种亲切感，并颇有明理人所见略同的感慨。

我相信，日本酒店退房不查房，是一个双赢的举措。客人因此既得尊重又节时，自不在话下；酒店大约也不至于因此有多少经济损失，既省了查房的劳力，又让客人平添愉悦和好感。

显而易见，退房不查房是明智的。我弄不懂，我们中国的酒店，尤其是五星级酒店，为什么不效仿这种极其容易照搬的做法呢？难道中国的消费者就那么不值得信任吗？退一万步讲，就是有那么几个客人喝了房间饮料，打碎杯子之类，又何妨？有多少损失？值得计较吗？真是因小失大。

# 13. 老而不休

退休，退休，好多人退了就休了，还有人把退休与享受等同起来，直接把退休说成享受。

一退就休也好，把退休当成享受也罢，都是把工作和生活割裂开来了。其实，工作是生活的一部分，是生活的一种形态，而且是更有意义更有价值的生活。

在日本考察，发现许许多多老年人老而不休。他们到了年龄，从单位退下来以后，并没有在家过“纯生活”，如买菜做饭呀，上街闲逛啊，带带第三代、出门旅游什么的，而是常有60多岁的人在开出租车，70多岁的人在制作工艺品，80多岁的人在街头打扫落叶……

一位90岁高龄的日本小姐通过翻译，跟我历数了老而不休的种种好处。一是可以多多接触社会，不被变化中的社会边缘化。二是用进废退，可以在工作中使自己的身体和精神保持活力。三是价值体现，可以为社会多承担一点责任，多作一点贡献。四是在群体中利于身心愉悦。

工作，工作，尤其是创造性的工作，不仅是谋生的手段，更是成长和自我完善的需要。成长和完善自己，不是年轻人的的专利，是一辈子的事。

老而不休，工作并快乐着！

# 14. 日本式搬家

搬家是件麻烦事，搬家前的打包就劳神费力，搬家后还有不少杂七杂八的事务，诸如小孩转学、牛奶卡转办等。

在日本，搬家容易得多。日本搬家公司的服务，好得让你感动。他们事先会到客户家“调查研究”，搞清楚搬家时需带多少劳力、多少工具、多少包装箱。搬家时，他们会小心翼翼，轻手轻脚，确保物品不受损坏。

日本搬家公司的好，如果仅限于此，那并不稀奇，我们国内优秀的搬家公司大约也能做到，至少可以做到八九不离十。

日本式搬家，更加难能可贵的是增项服务：搬完家后，还帮客户搞定小孩转学，落实私人医生，代理牛奶卡转移之类。

这样的搬家服务，肯定与客户双赢，客户省力省心，公司多做了生意，多赚了钱。

日本式搬家给我们启迪：作为企业，多想想，多做做增项服务吧。作为个人，一专多能，做个复合型人才吧，无论替人打工，还是自己做老板，都是有利无弊的。

# 15. 地铁里鸦雀无声

山里边很安静，鸟鸣山更静。

日本的地铁里人很多，却依然很安静，没有吃东西的声音，没有说话声，偶尔发出的音响是走路的皮鞋声。声声鞋声，地铁更安静。

人的嘴有三大功能，进食、说话、接吻。接吻可以默不出声，进食，尤其是说话，小声可以，无声则几不可能。地铁里人众，有人发出咀嚼声或说话声，必定对身边的人造成“音扰”。日本人习惯不给别人添麻烦，不影响别人，所以地铁里鸦雀无声成了必然。

在我们日常的生活中，别说地铁里了，就是本该安安静静的茶室里、电梯里，大声喧哗的有之，吞云吐雾的有之。

人是群体动物，在群体中尽量不给别人添麻烦，应该是个准则。

在不该发声的地方发了声，给别人带来的麻烦并不大，似乎是个微小的问题。在这方面，日本人不以过小而为之，实属可贵。

世界上有三种人：一种人麻烦自己，方便别人；一种人方便自己，但不麻烦别人；一种人为了方便自己，不惜麻烦别人。

我们不唱高调，不要求人人损己利人，为了方便别人，宁愿麻烦自己。但至少，在方便自己的时候，别给别人添麻烦，亦即利己别损人。

地铁里鸦雀无声，真好！

# 16. 环保有奖

环境保护是个全球性的大问题，发达国家意识强一些，措施硬一点，效果好一点。日本是发达国家，这方面做得特好，随时随地可生吃自来水，商场出售的各种水果可不经清洗直接食用……

日本的好些宾馆鼓励客人环保，当天的毛巾如果不更换，奖励住客500日元。

我有个朋友前些天在日本一家五星级酒店获此500日元奖金后，很是感动。他说，500日元是个小数目，但从中体会到日本对环保的重视和细心。

在我们国内的宾馆里，也有“节约用水，倡导环保”的提醒，但效果似乎不好。问题就出在细节上，细节不到位。光有意识，光有语言文字，没有切实的措施，仅仅把希望寄托在客人的环保觉悟上，没有把环保与客人的利益挂钩。当天毛巾不更换，奖励500日元，就换来了客人的主动配合。

毛泽东曾经说过："抓而不紧，等于不抓。"抓环保是这样，抓其他一切工作都是这样，好既要有意识，有目标，又要有措施，有检查，有奖有罚。

"奖励500日元"是个好办法，值得效仿！

# 17. 诚信一例

在大阪一个小村的汽车站附近，放着一袋一袋新鲜蔬菜，旁边一块破木条上注明100日元一袋，无人值守，全凭顾客自觉将钱放到一个类似储蓄罐的盒子里。

上述细节，只有可能产生在高度诚信的人群里，在不诚信的社群中是不可思议的。

世界上有三种人：一种人不讲诚信，一种人在法律和社会舆论的压力下讲诚信，一种人自觉讲诚信。在无人值守的地方拿了东西便付钱，显然是第三种人。

人的社会，上述第一种人多了，可怕；第二种人多了，不甚理想，但还马马虎虎；第三种人多了，才和谐，才美好。

自觉讲诚信的人是最可爱的人。这样的人占了人群的绝大多数，社会成本就低了。你看，“无人值守”，便是省了人力成本。大家诚信，还大家友好，大家快乐。

建立诚信社会，政府有责，人人有责。让我们扪心自问：“我是自觉讲诚信的人吗？在无人值守的地方，我拿了东西会自觉付钱吗？”

# 18. 打通分隔彼此的院墙

在欧洲，发现欧盟区内国家与国家之间无需签证，开车从法国到德国，或从德国到荷兰，一路通行无阻。

在塞浦路斯，发现当地居民停放的汽车不锁门。

在日本，发现一些邻居打通分隔两家的院墙。

国与国无需签证，是两个国家友好的象征。汽车不上锁，是司机对路人的信任。打通院墙，是邻居间的亲密。

前些时，在日本朋友与邻居打通的院子里小坐，见两户人家一家种了棵苹果树，一家种了棵梨树。主人跟我介绍，他们约定，院子里树上的果实两家分享，各自随时可以在未经对方同意的情况下任意采摘。

身临其境，耳闻目睹，我联想到了我们周围家家户户的防盗门、防盗窗之类，心里不是滋味。

我们的社会怎么了？我们人与人之间的关系怎么了？我相信，中国人民是智慧的，早晚会通过适合的途径，逐步解决这些问题。

# 19. 医疗签证

以前只知道有旅游签证、探亲访友签证、工作签证，新近听说日本还有个医疗签证。

好一个医疗签证！好就好在它创造了需求！据日本政策投资银行的报告，到2020年，去日本治病和体检的中国人每年将超过31万人次。

医疗签证，还带动了旅游和购物。据预测，医疗旅游购物的市场规模每年将达5500亿日元。

由日本的医疗签证，我联想到无锡一家酒店创办“成人礼”仪式，因此生意大增。

供大于求，需求不足，此乃市场经济中经常发生的事情。这就要求政府和企业千方百计去创造需求，唯有如此，经济才会向好。

如何才能创造需求？关键是要增强创新意识，打破框框，一切从实际出发。在这方面，医疗签证和成人礼仪式，都给了我们启示。

# 20. 一杯冰水

我去过两次日本东京，感觉气温与无锡差不多，便以为整个日本的气温跟无锡相仿。其实不然，眼下的无锡已是略有寒意的初冬，而日本冲绳热浪滚滚。

我有一好友日前去冲绳，许是如我不知彼地之气温，竟穿着大衣，另加围巾，结果走出机场就热疯了，满脸通红。

她来到街头一服装店，欲购一件短袖以适时宜。店主见她被热的模样，迅即端来冰水一杯，饼干两块。店主的热情和关爱，令她深深感动，颇有回家的温暖。她用手机拍了照，以此纪念，同时让我分享日本商人对客人服务用心周到的这个细节。

看了她用微信传来的图片及文字表述，我心头一热，禁不住想说几句，与我的读者们分享自己的感慨。

我们大多数中国人，讲究亲疏有别，对有血缘关系的亲人，或爱人，或朋友，或熟人，热情多多；而对与自己关系不密切的人，尤其对陌生的人，对路人，就疏远得很，甚至有点冷漠。

对家人好，不错，可以家庭和睦；对亲友好，不错，可以彼此快乐。而我们身处的社会是大众的社会，假如人人对占人群绝大多数的陌生人缺乏兼爱，则社会无法和谐。社会不和谐，则人人不舒心。

冬天送温暖，夏天送清凉，常年送关爱，送亲友，也送陌路人。但愿在我们的国土上，这个不是理想主义，是可以逐步实现的。

# 21. 一尘不染的工地

工地之多，这些年的中国，堪称世界之最。这是好事，说明我们的经济在大发展。可惜工地之脏乱差，也是中国的一大特色。这点不好，说明我们的环保意识不够。

在日本，无论是政府、企业的大工地，还是家庭装修的小工地，几乎一尘不染。

我曾经问过国内一个房产建筑商，问他为什么不把建筑工地打理得干净一点，又脏又乱看了多不舒服。他答，工地不干净原因有三：一是大家觉得施工场地脏乱一些纯属正常，见怪不怪了。二是中国人以妨碍别人为耻的观念薄弱，被别人妨碍而投诉或抗议的也少，所以工地脏乱施工者无心理压力。三是做到工地一尘不染要花人力成本的，脏一点，可省钱，使工程经济利益最大化。

我没有采访过日本工地的管理者，问他为什么会把工地弄得一尘不染，但我想，至少上述那个中国房产建筑商讲的工地脏乱的三个原因，他们这里是不会有的。既然可以想到，我就免了去采访的麻烦。或者留个悬念，也是好的。

一尘不染的工地，看了心里舒服。

# 22. 移动的烟灰缸

在中国，你见过随身携带烟灰缸的人吗？没有吧？！可在日本，这样的人大有。

在日本，好多地方是严禁吸烟的，公共场所及室内不吸烟已成为全体公民的自觉行动。

吸烟有禁区，便有允许吸烟的所在。我去过几次法国，见到许多法国人边走路边吸烟，烟头随手扔在马路上。中国非禁区吸烟者，有的如同法国人随手扔烟头，也有公德心多些的，会将烟头熄灭后寻找垃圾筒。

日本公共场所大多不设垃圾筒，爱干净守公德的日本吸烟者便自带烟缸——这才有了所谓移动的烟灰缸。

随身携带烟灰缸，想想也不方便。处理烟灰烟头的方法有种种，比如墙角，比如脚下，这些行为未必会被禁止和罚款。我问一个会说中文的日本吸烟者，是怕别人的批评才宁愿麻烦地带个移动烟灰缸，也不随手弹烟灰扔烟头吗？他直摇头，认认真真地说："是过不了自己的道德这一关，做了有违文明和公德的事，给别人和社会添了乱，会自己看不起自己的。"

公民不做坏事，假如是因为惧怕处罚或社会舆论，那这个社会还不能算文明。文明社会，该是大家自觉地做好事而不做坏事，一旦做了坏事，会自己看不起自己。我这样以为。

# 23. 枫叶下的乐师

在日本的一个公园里，一个妙龄女乐师在枫叶下弹奏音乐，吸引了许多被音乐声打动的听众。

起先我以为，她是卖唱的，后来发现没人给她“小费”，她也没有要钱的示意。

知情者告知我，女乐师献艺没有功利心，纯粹出于兴趣，出于对听众的爱心，她是在用纯净的音乐给予别人心灵的快乐。

我过去一直以为，慈善，就是富人用钱或物资助穷人。听了枫叶下美妙而免费的音乐，我加深了对慈善的理解。

我领悟到两点：其一，慈善，并非仅限于物质层面，给予别人精神上的愉悦，同样是一种慈善。随着人类物质条件的改善，精神上的需求将更多，故“精神慈善”不可或缺。

其二，慈善，不光是富人对穷人的照应和关爱，还应包括穷人对穷人、富人对富人、穷人对富人的帮助和支持。道理其实很简单，人人都有一本难念的经，人人都是需要别人帮助的。帮助别人，且不计自身利益的行为，就是慈善。

感谢枫叶下的乐师，因她的音乐，亦因她的慈善，给予我的感悟。

# 24. 老人被撞后

这个细节发生在10年前。

在东京郊外一条乡间小路上，一个骑车的小伙子不小心撞倒了行走中的一位老人。

不仅撞了人，而且撞倒了，而且还是一位老人，小伙子甚是惊慌。

被撞的老人今年78岁了。当时，他正在边散步边思考问题，听到背后有自行车铃声，便往左躲闪，不料骑车人本来试图从左边过去，见他左闪即往右骑，而回头观望的老人见骑车人是从左边来，又移步右侧，于是正好被撞。

老人被撞后，不仅没有责怪骑车人，反而道歉说："不好意思，挡你路了。"

骑车人为之感动！两个人友好地聊上了。老人就住在附近，又邀小伙子前去小坐。从此，他俩成了忘年交。老人是一家上市公司老板，小伙子原先在一家银行打工，在老人企业家精神的影响下，开始自己创业，10年后，也成了成功的企业家。

上述老人被撞后的细节，深深感动了我。感动之余，我想入非非。我想，被撞以后，不同的人会有不同的表现，大约有四种。

一种是，揪住对方不放，定要其付出代价。甚至更有差劲的，会把好心扶他起来的路人诬成肇事者，要其赔偿医药费、营养费、误工费之类。

一种是，怒目而视，责怪对方。

一种是，自认倒霉，一走了之。

一种是，礼貌地说："不好意思，挡你路了。"

什么是理想的人际关系？我理解，被撞了说"不好意思，挡你路了"，如此，便是。

# 25. 穿错鞋的后果

有一种日式酒店，客人在玄关处要脱下鞋子，换上酒店的拖鞋。

我有个朋友昨晚在东京住的就是这样的酒店。今天离开时，她穿错了鞋，穿了别的客人的一双一模一样的耐克运动鞋。待发现穿错，她已在机场入关。她迅即致电那家酒店，说明原委。酒店的回复，让她始料不及，惊讶不已。

她想不到，得知她穿错了鞋，酒店丝毫没有责怪她的意思。

她想不到，酒店反而作自我批评，说他们疏忽了，没有把别的客人的鞋及时收起来，没有提醒客人查看是不是自己的鞋。

她想不到，酒店主动说会免费将她的鞋寄至她提供的地址。

她最想不到的是，酒店诚恳地告知她，她错穿的那双鞋不用麻烦寄回了，酒店会出钱赔偿那位被穿错的客人。

几个想不到，让她感动不已，感慨良多，迫不及待地在机场就用微信向我详细讲述这个可爱的日本细节。

看完她的表述，我也有所感触。我深深体会到，日本商人对顾客极致地好，而这好的背后，是优秀的商德，更是高超的智慧。你看，身临其境的当事人被深深感动，听了讲述的我被深深感动，或许还有一批读了我这篇文章及日后读了我《日本的细节》的书的人亦会被深深感动。感动了这么多人，不就是商家的成功嘛！

# 26. 一碗盖浇面

写此小文之际，我想先向我的读者提两个问题。

第一个问题：假如你在一家餐馆点了一份盖浇面，吃的时候因不喜欢面上的盖浇，仅吃了面条和面汤，结账时你会仅付面条和面汤的钱，而拒付盖浇的钱吗？

第二个问题：如若你是店主，你发现顾客仅吃了面条和面汤，而将盖浇剩下不吃，你会主动只收面条和面汤的钱，而不收盖浇的钱吗？

我几乎确信，你对上述两个问题的答复，一定是否定的。

这就是我觉得此文值得一写的理由。

我有个姓宋的好朋友，得悉我在写作《日本的细节》，热心地向我推荐了好多个她亲身经历的日本细节，《一碗盖浇面》的素材，便是她提供的。

有一次她在日本餐馆，同事为她点了一碗“鸡汁盖浇面”，她吃了可口的面及汤，剩下了不喜欢吃的盖浇。这个细节被店主发觉后，硬是主动仅收了面和汤的钱，退回了盖浇部分的款，弄得她及同行的几位很是不好意思。

商家和顾客因为利益不一致，意见不统一，有矛盾，总是难免的。我们的经验，常常是商家满足不了顾客的要求，而产生分歧。我们不可设想，顾客觉得天经地义该付的钱，商家反而拒收，好像在跟自己较劲，在跟自己的钱袋过不去。我们中国人常见，朋友一起去吃饭，结账时争着付钱的场景。这是一种朋友间的友好，而这种友好，仅限于朋友间。日本商家倒好，跟自己的顾客争付那“盖浇”钱了，是把顾客当朋友了？还是别的什么？你说店家是为了客回头吧，显然不是，因为对他们来讲，中国人是外国人，哪有机会再次光顾一家小小的餐馆？！

三国时的曹操有句名言：“宁可我负天下人，不可天下人负我！”我试想，那个不收我朋友“盖浇钱”的店主，是不是信奉“宁可顾客负我，我不负顾客”呢？！

“我不负顾客”，该是商家的信条吧！有此信条，则顾客有幸，商家有道且有利，皆大欢喜！

# 27. 指路

每一个成年人都有过问路的经历，问路时都企望指路人给予明确而可靠的指向。

回想起来，问路大约会遇上如下情形：一种是被问者摇摇头或说不知道；一种是被问者简单一说一指，指路不到位；一种是被问者讲述得明明白白，让你心里有数，脑里清晰；一种是被问者正好与问路人同路，于是成了带路。

我有个李姓朋友，日前跟我说了个在日本问路的细节：她与一个亲戚约好在东京一家商场门口见面，可她路不熟，便随意向一位中年女子问路。中年女子微笑着说："我认识，跟我走。"

一路上，两个人边走边聊，好是亲热。约15分钟后，到达那家商场。我朋友问日本中年妇女："你的目的地在哪？" 答曰："我的目的地在相反方向，不过不远，半小时能走到。"

我朋友惊，坚持陪中年妇女返程几百米，以表感恩和谢意。她问日本女人，为何为了给别人指路，而苦了自己。日本女人答，因为这样，你会方便，你会快乐；我能让别人快乐，我自己自然也快乐了！

是的，有些人的快乐建筑在别人的痛苦之上，有些人的快乐建筑在不妨碍别人的前提之下，有些人的快乐建筑在别人的快乐之上。

快乐是人人追求的，然人是不一样的，做什么样的人，以什么为快乐，如何实现快乐，各有各的选择！

选择让人快乐我便快乐，多好！大家快乐！

# 28. 二十年前的约定

20年前，有一位日本女子随日中友好代表团访问无锡，我有个女性朋友参加了接待，席间，两位女子相谈甚欢。当日本女子说到她有个5岁的女儿时，我朋友戏言，你女儿成婚时，可要请我去日本喝喜酒哦。日本女子欣然答应，并说一言为定。

日本女子回国后，两个女人再无联系。那个约定，中国女子早忘得一干而净。万没想到的是，不久前，她收到了日本女子从异国他乡寄来的请柬，请她赴日参加20年前约定的婚礼。

这个约定有三个特点：一是时间长——20年；二是空间远——跨国；三是随便一约的，不兑现似也无妨。如此的约定而不失约，可见履约者之诚信非同寻常。

生活中，约定而不兑现，口头协议无效的事常有发生。失约者似乎心安理得，说声“不好意思”，已属礼貌。我们在上述日本女子面前，是不是汗颜呢？

约定的事就要去做，这样的人才可靠可信。

一个人的财富，除了银行里的存款，除了房子、汽车之类的固定资产，其实还包括这个人的信用。一个有信用的人，不仅利人，受人尊敬；而且利己，容易得到别人的信任和帮助。

一个国家有硬实力和软实力之分，一个人同样如此。讲信用，便是一个人软实力的要素之一。

约定面前见人品！

## 29. 一家面店的误导

日本的细节，前面28个是正面的，值得赞美的，这里写一个反面的细节，批评一下。

日本东京有这样一家面店：顾客在机器上自己点单，每点一个品种均有一张票据。

有一次，我女儿光顾此店，点了一碗面并加份，还点了两个小菜。机器里出来4张小票，服务员将小票全部收走后，在餐桌上放了一个小盒子。过了一会儿，一碗面及两个小菜同时上桌。我女儿误以为，那个“加份”已在那碗面里了，故吃完后未去取“加份”，便离店走人了。

后来遇见一位久住日本的同学，讲起这个细节，这位同学对我女儿说：“你被误导了。那个‘加份’店里不会直接放在那碗面里，需要客人在吃完或吃了部分碗里的面，用那个桌上的小盒子再去厨房领取的。不知悉这个规则的人，几乎人人‘误以为’，店家因此不知省了多少成本，多赚了多少钱！”

这家面店如此做法，不知是为了多盈利故意为之，还是无意的，不得而知，我也不想妄加揣测，但可以肯定的是，客观上，误导了消费者，损害了消费者的利益。

在国内，我也有过被商家误导的经历。有一家五星级酒店，让我花数千元办了张贵宾卡，说是一年内两人吃酒店自助餐只需付一个人的钱，另一人免单。谁知结账时，一人要付全价，另一人要付百分之十五的服务费。皮之不存，毛将焉附？那另一人的餐费都免了，哪来的百分之十五？零乘多少结果均是零啊！

什么叫奸商？故意误导消费者的便是。至于规则无意间误导了消费者，那这个规则是不良的，需废除或改良。

# 30. 家长的理念

教育子女，离不开家长的言传身教。家长的言传身教，取决于家长的理念。换言之，家长的理念，直接关系到家庭教育好不好。

一个人的理念怎么样，看看细节就知晓。

一个日本妈妈带着孩子从水管工旁走过，对孩子说：“多亏叔叔劳动，宝宝才能洗手洗澡，说谢谢。”

中国家长对孩子说：“不好好学习，将来就干这种活。”

在这里，我们清晰地看到两种不同的理念，不同的教育观。

读书，学习，是为了完善自己，提高自己，并非仅为了日后找一份所谓的好工作。“将来就干这种活”，体现了对读书和学习的狭隘理解。把这种理解言传给子女，显然误导子女。

工作只有分工不同，没有贵贱之分。对所有劳动者说“谢谢”，是尊重人的表现。“将来就干这种活”，是对体力劳动者的轻蔑。

是否尊重人，关乎人品；为什么而读书，关乎一个人的境界。

试想想，一个人品好且境界高的人会给孩子怎样的言传身教？反之，又将如何？

# 31. 研究自杀

日本人是一个喜欢研究的群体，所以这个国家的小家电做得很好，汽车做得很好，染发剂做得很好，马桶盖做得很好。据说，折叠伞也是日本人研究出来的，这样的伞携带方便，又不影响使用功能，甚好。

新近读香港作家蔡澜的《日本万象》，得知好研究的日本人还研究自杀。渡边淳一《失乐园》中男女主角久木和凛子自杀的细节，就是采用了先人的研究成果——两个相爱的人在情事时服毒，在快乐至极时身亡。

研究，总是聪明人所为。而研究自杀，该是聪明用错地方了吧？！

这个世界最有价值的是生命，这是常识。研究自杀，自动地结束生命，便是违反常识，做违反常识的事便是聪明用错了地方。

聪明用错地方的人，不仅日本有；聪明用错地方的事，不仅有研究自杀。那些制假售假的人，那些骗人钱财的人，那些不讲诚信的人，统统都是聪明用错地方的人。有位监狱长说，牢房里关着许许多多智商不低的人，可他们聪明用错地方，违了法，犯了罪。

细细想想，人类搞军备竞赛，研制大规模杀伤性武器，同样属于聪明用错了地方。

聪明是个褒义词，人总是希望自己聪明，然聪明用错了地方就不好，就不聪明了。

聪明用错了地方，害己害人害社会。

# 32. 接机

三月初，去日本东京一家出版社商谈出版事宜。下午一点，我乘机到达东京成田机场，前来接机的是一位会说中国话的日本女子邓小娟。

邓小娟30岁开外，苗条清秀，笑容可掬。她不但长得美，而且待人特好，她接机的细节令我感动。她手持“欢迎高鸣”的纸板与我相见；上了汽车，她递给我一个精美的纸盒，内有一个煮鸡蛋、一个苹果、两块巧克力、三块旺旺雪饼。

我惊，好奇于她怎么会如此了解我食物的偏好。

她告诉我，为了“讨好”我，她做了功课。她在百度上了解我的概况，在当当网上读了我的书。她在书中知晓，我不喜欢离开泥土、没有生命力的鲜花，于是免了给我献花。她在书中知晓，我不喝酒不抽烟，喜欢吃孩童食品和女性食品及鸡蛋，于是带了上述吃的东西。

邓小娟良好的接机表现，提升了她个人的形象，同时为她所服务的单位增添了光彩。

李嘉诚说，什么叫会做人，会做人就是让别人喜欢你。我相信，会有许许多多的人喜欢邓小娟，邓小娟便是那种会做人的人。

日本女人邓小娟机场接我的细节给我启发：对人好，是要用心的，是要有实实在在的行动的，是要投其所好的。

# 33. 看样板房

在国内，我在好些个城市看过商品房的样板房。看样板房，在门口一律要穿上鞋套，区别只是鞋套是一层塑料纸，还是布料的。

经验告诉我们，穿鞋套有三点不好：穿起来不方便，穿着不舒服，还有点不美观。可假如不穿鞋套，会有损样板房的整洁，所以销售方制订的客人进房要穿鞋套的游戏规则，似也无可非议，少有人提出质疑。

少有人质疑，不等于无需改进。昨天参观一个日本开发商建造并营销的楼盘样板房，我就享受了不用穿鞋套，取而代之的是，主人让我们穿上精美而舒适的拖鞋。

鞋套换成拖鞋，是一种改良，是一种进步，是一种人性化。

为什么中国一些房产开发商及营销公司就想不到拖鞋优于鞋套

呢？就没有便于利于看房者的创意呢？我不认为是中国人不够聪明，在智商上不如日本人。我想，是我们有着几千年封建历史的中国人，骨子里多了一些管理者的意识，一切从有效管理出发，毫不顾及被管理者的感受。你看，鞋套解决了管理的目的——保持样板房整洁，至于看房者穿着鞋套舒不舒服，管理者冷漠，无意识。

市场经济意味着激烈的竞争。不以管理者自居，少一点管理意识，多想着点消费者，便多一点和谐，多一点竞争力，多一点商家和客户的双赢。

# 34. 修洗衣机

家里的国产洗衣机坏了，一看保修单，尚在三年保修期内，便电话约修。

生产厂家很守信，不但信守了免费维修的承诺，而且在接到约修电话的24小时内，即派员前来。因毛病较重，洗衣机现场无法修复，得拉回去修理。两天后，厂方将修好的洗衣机送货上门。

这家洗衣机厂对客户的诚信服务，好让我感动。可当我把这个感动向曾经在日本生活过几年的朋友分享时，对方却不以为然，不仅不感动，还批评说，这家洗衣机厂维修服务做得不够好。

他说，日本的洗衣机虽然质量不错，但维修总是难免的。而他们的维修服务，有一个细节值得称道，那就是，当要把待修的洗衣机取走时，必定会带来一台洗衣机让客户临时使用，以解维修期间客户无机可用之苦。

有比较就有鉴别。鉴别让我们懂得，服务客户，仅仅守信还远远不够，守信只是守住了服务的底线。为客户服务，除了守信，还要有爱心，还要处处为客户着想，还要体贴入微。带走你“有病”的洗衣机，先带来“健康”的洗衣机替代，不就是有爱心、体贴入微的表现嘛！

爱心大于诚信！

# 35. 很少有乞丐

世界上没有乞丐的国度几乎没有，贫穷国家有乞丐，富裕国家也不例外。我在美国纽约的街头见过乞丐，在法国的公园里遇到过乞丐。

早年听说日本很少有乞丐，我将信将疑。先后5次去日本，去过好多城市和乡村，确乎没发现过乞丐。

一个国家有没有乞丐，或者乞丐多不多，自然与这个国家的福利制度有关。但一个国家“生活保障”的政策再好，也难于杜绝乞丐的产生，欧洲的例子便是证明。

日本为什么很少有乞丐呢？是这个国家有比欧洲更多的公民福利吗？显然不是。日本很少有乞丐，根本的原因是，国民具有极其严重的羞耻心。他们以不劳而获为最大的可耻，宁愿捡破烂，宁愿吃尽千辛万苦，也要自食其力。

羞耻心可以消灭乞丐！羞耻心功莫大焉！

我想，羞耻之心人皆有之吧，区别仅在于每个人羞耻的内容不一样。有的人以偷和抢为羞耻，以为乞讨与施舍也是两厢情愿，无可非议。有的人以平庸为羞耻，觉得自食其力远远不够，定要充分发挥好自己，有所出息，为家庭为社会多作贡献才有面子，才心安理得。

一个人有什么样的羞耻观，决定着这个人的人生态度和行为准则。

每一个人都可以扪心自问：我的羞耻点在哪里？在什么层面？

品人，品品这个人以什么为耻，便八九不离十了。

# 36. 妓女的广告

市场经济是竞争的经济，产品销售要做广告，妓女卖身体也做广告。

在美国拉斯维加斯的街头巷尾，我见到随处可见的妓女广告，那是小小的纸片，上有性感的照片及电话号码。

同样的妓女广告，我在澳门的马路上，在大陆的一些天桥上、地下通道里也见识过。

去过日本好几次，没发现地上有小纸片式的妓女广告。我还以为日本妓女不做类似广告呢！新近读了蔡澜的《日本万象》，才知晓自己的孤陋寡闻，才知晓日本妓女的“小广告”是做在电话亭里的，广告主有女中学生、家庭主妇、售货员和 OL（办公室的淑女）。

妓女问题是个全球性问题。卖淫，在有些国家合法，有些国家不合法；在美国，有的州合法，有的州不合法；在新西兰、法国，上个世纪不合法，本世纪通过妓女法，合法了。在卖淫合法的国度里，反对卖淫合法的声音不少，报载，新西兰的妓女法是以微弱多数通过的。在卖淫不合法的国家，也有提倡卖淫合法的。

对卖淫该不该合法这样的话题，我不想说什么。在此我仅想说的是，日本妓女不把拉客的小纸片往马路上丢，而是张贴在相对隐秘的电话亭里面，似乎也算有点文明，免得环卫工人劳苦，也省得有些人看了不舒服。

顺便说一句，有的小偷窃了别人的包包，取了钱，邮寄归还身份证等余物的做法，似也有点文明——在作恶中保留了些许善良。

日本妓女做广告的方式与小偷归还钱外余物的做法，好像有点异曲同工，均是在追求个人利益的同时，顾虑到了别人的感受和利益。

# 37. 排 队

在日本旅游，发现日本人特别喜欢排队。排着队的日本人安静得很，没有不耐烦抱怨的，更不见插队的。

在我们中国，中国人尽管不喜欢排队，但排队总是难免的。面对排队，好多中国人的心态和行为与日本人大不相同。首先，中国人喜欢插队。其次，中国人排队没耐心。

插队的中国人插队没有心理负担，甚至认为是自己活络、有能耐的表现。听说这样一个故事：有个丈母娘挑女婿，方法是让他去窗口买火车票。如果他乖乖排队的，立马被否，理由是这个男人太老实，没能力，女儿嫁了他必定穷困。假如他会插队，以最快速度购得票，则通过了第一关，可以候选。

想起了三十年前的一件往事：我去县政府招待所一个理发店理发，当时店里仅一个理发师，待理发的客人倒有好几个。此时，来了个想理发的县委书记。结果本来轮到理发的那个客人，竟然主动要求理发师让书记大人插队，比先来的人先理发。

上述两例，无不说明有些中国人是缺乏排队意识的，为了自己的方便也好，为了照顾特殊身份的人也好，均可以破坏排队规则。

排队，就是分先来后到，既是秩序，又是公平公正。公平公正，全世界都在提倡，不管什么样的社会制度，至少表面上都将其视为核心价值观。

公平公正，从排队开始！

# 38. 可爱的偷书人

中国民间有个说法："偷书不是偷，窃书不是贼。"

在日本，虽然没有"偷书不是偷"的观念，但比起对待其他窃贼，还是宽容得多。

报载，有个叫荻原的日本男子，爱书如痴。可他穷得很，日薪只够他付房租和每天一两碗的拉面或咖喱饭，哪有钱买书呢？于是他偷书。渐渐地，荻原学会了观察电视监控系统探头的角度，在绝对拍摄不到的位置将书放进袋子里。到了夏天，他穿着宽大的夏威夷T恤衫，更能灵巧地把一本厚字典插在裤子后面走出去。最后进步到胸前绑个铁夹子，将书一钳，便稳当地带出书店。

荻原15平方米的房间里堆满了偷来的书。一天，地板承受不了很多书的重压，塌了下来，案情才被发现。

"荻原是一个很爱、很爱书的人……"法官说完，轻判了他。

读完这则新闻，我赞同法官的判决。轻判，也是确认偷书也是偷，也是错，也有罪；而“轻”，又把与偷其他钱财的行为区别开来了。这是一种法与情的交融，这是一种实事求是。

在此作个声明：标题上我在偷书人之前冠以“可爱的”三个字，并非全盘肯定偷书之举，更非提倡大家向其学习，只是我觉得，比起其他窃贼，这个偷书人有三分可爱之处。

在当下的中国社会，喜欢读书的人，尤其是读纸质书的人实在是太少了。有人戏说“读书人比写书人还少”！获原很喜欢读书，居然让自己喜欢的书压垮地板，你说可爱不可爱？

对于一个常人来说，是要先解决了衣食住行的生活必需，才会去追求读书之类的精神需求的。而贫穷的获原把读书当成了生活之必需，哪怕冒着被抓的风险也“干”，你说可爱不可爱？

为了弥补金钱的不足，获原本可以把读过的书当废纸卖些小钱的，可他没那么做，他选择了珍藏，让自己的陋室成了小小的图书馆、藏书楼，你说可爱不可爱？

我觉得，这个被法院轻判的偷书人，可以让偷人钱财的贼，以及不喜欢纸质阅读的人汗颜！

# 39. 拔牙不打针

日本有个牙医的口号是:“张开你的嘴巴——你不会感到任何痛苦！”这位年纪不过四十岁的土井大夫，已经发明了不必打麻醉针，便能无痛拔牙的技术。

拔牙，痛是个问题。为了解决痛的问题，人类发明了麻醉，可麻醉的副作用也是个问题——不利于伤口复元，且会杀死一些健康的细胞。

理想的状态是，拔牙不痛也不麻醉。

拔牙不痛也不麻醉，是一种两全其美。

生活中有一头没一头的事经常发生，鱼和熊掌不可兼得被人们视为理所当然。拔牙不痛也不麻醉的事实告知我们，只要足够聪明，我们是可以仅取一个事物良好的一面，而将那不好的一面剥离开来，弃之舍之的。

比如说吧，重实践轻读书的人，往往会犯经验主义的错误；重读书轻实践的人，常常会犯教条主义的错误。

实践得来的经验是好的，可光有经验，缺乏理论指导，就会视野不够宽广，适应不了变化了的形势。读书获取的教条、概念、理论是好的，可光有理论，没有实际运作能力，也是枉然。

只有读书加实践，只有理论联系实际，只有有教条而不教条主义，有经验而不经验主义，才能把教条和经验的正面作用充分发挥，而舍弃教条和经验的副作用。

拔牙不打针，让我们联想：设法避免好事背后的副作用！

# 40. 两个女儿一肩挑

为了写作《日本的细节》，我屡去日本，跑城市，走农村，宿五星，住民宿，了解风土民情。

日前在日本一个偏僻的山村，见到这样一个画面：一个男子挑着一副担子在乡间小路上行走，前后两个箩筐里分别是一个长得一模一样的幼女，男子身旁同行的是一个年龄相仿的女子。

我对眼前的画面颇感兴趣，故请身边会说日语的朋友上前了解更多细节。情况如下：男子陪同妻子回5千米外的娘家，前后箩筐里的是一对双胞胎，刚刚两周岁。

朋友问我为何对此有兴趣，是不是因为这个画面特有情趣，古朴，勾起了你儿时的记忆？

我说不是，我是想到了选择的问题。在西方国家的机场，我见到这样的情景：一对年轻夫妻在前面大步走，一个两岁左右的小孩在后面快步追。在中国的马路上，两岁的小孩大多被成年人抱在怀里。

也就是说，带着两个小小孩行走，至少可以有三种方式可供选择的：一是大人把小孩挑着走，二是让小孩自己走，三是大人抱着小孩走。

哪一种方式优？有个养生专家告诉我，从对身体有利的角度讲，挑着小孩走是最为科学的，既不伤孩子，也不伤大人。如果让幼小的孩子长途跋涉，会伤了小孩的筋骨。如果长时间抱着小孩，会影响到大人和小孩彼此的气血循环。

选择，无处不在。比如从无锡去南京或去上海，我选择乘坐高铁，既安全，又快速；而选择自己开车或乘大巴，似乎都不明智。

我杭州有个叫吴春鸣的好朋友，他在本市出行，原先开一辆高档小车，或自己驾驶，或让司机代劳。随着城市拥挤，停车难，出租车行业的服务多样化、人性化，他选择了弃司机，弃自备车，出行靠“神州行专车”。

对于我们每一个人来说，自己以什么谋生立命，当是最大的选择。谋生立命，不外有四种选择：一是选择打工，包括当公务员，为政府打工，去企业当白领、当操作工，为老板打工。二是选择自由职业，如当律师，当专业写作者。三是创业当老板，不仅自己就业，还解决了别人就业。四是无所事事，或靠吃父母的，或上街乞讨为生。

生活质量，工作质量，在于你的选择。你的选择，决定着你是一个什么样的人！

# 41. 市长——烫手的山芋

在中国，有太多的人喜欢当公务员。当上公务员以后，又有太多的人喜欢做官。做了小官以后，又有太多的人想当大官。

中国的市长，官不算大，权力大大的，在公务员眼里似乎是个香饽饽。

今日读生于上海现居大阪的桥本隆则《偶然写成的日本野史》，知悉市长这个职业，在日本不是香饽饽，却是烫手的山芋。

桥本在书里说，在日本，当市长要受到各种各样的监督与限制，不光要受到来自议会的监督，还要接受来自市民的直接监督，有时候没有做到任期结束就被市民轰下了台。

日本有位在育儿中的女市长，每天清晨骑自行车送女儿去幼儿园。桥本说，不是女市长觉悟高，而是她不敢公车私用，成千上万只眼睛在监督她。

一句话，市长在日本是个苦差事。

假如在中国，公务员是个苦差事，做官是个苦差事，市长是个苦差事，还会有那么多人去报考公务员吗？还会有那么多人喜欢做官吗？

无论什么样的社会制度，公务员和官总是要有人去做的，只要不是香饽饽就好，只要不是大学生择业首选就好。

有个社会学家说：“当公务员、做官吃香不吃香，是一个国家文明不文明的重要标志。”

# 42. 领事馆挨骂

我有个做外贸的女性朋友，有一次她与一个女同事同去上海日本领事馆签证。

她是“优民”——无任何不良纪录的多次往返者。她的同事是初次去日者，且未婚，此类人得细查，故签证时间比较长。

因两个人同去签证，故被绑在一起，需同时下发签证，而她急着去参加日本客户的展会。

为此，那个客户一个电话打到领事馆，大骂领事用了纳税人的钱混日子，不好好干活，要求领事馆速办，并赔礼道歉。果然，第二天我朋友就接到领事的道歉电话，且收到签了证的护照。

此细节让我朋友震惊，我听了也感慨良多。

平心而论，日本领事馆对前来签证者分情况区别对待，按规矩有的快一点，有的慢一点，纯属正常。问题仅仅是，他们不够细致，不够灵活，没有搞清楚有人急着要去日本，而这个人又是“优民”，可以速速办理签证的。

领事馆是政府部门，领事是官员。政府错了，官员错了，而且不是大错只是小错，老百姓就可以直接电话里骂一通，骂得那样理直气壮，那样居高临下，而且要求被骂者速办、道歉。这说明什么呢？是不是大有“民为贵，社稷次之，君为轻”的味道？！

# 43. 嫁人的理由

开放的是日本人，保守的也是日本人。

日本有许多AV女优，专靠在影视作品中或公共场所裸露身体谋取商业回报。够开放了吧，甚至可称为放荡。

日本女人保守起来，也让你大跌眼镜。一个很著名的例子就是铃木杏树。她在日本的“清纯派影星”中人气很高，也很少有花边新闻。忽然有一天，铃木杏树宣布要嫁给她公寓附近诊疗所的医生，一时间舆论哗然。据说是有一天铃木杏树肚子痛，到附近的诊疗所检查，一查原来是阑尾炎，医生马上帮她处理了病灶。闺蜜们问铃木杏树为何要嫁给医生，铃木认真地说：“我被检查的时候身体全部给他看过了，为什么不嫁给他？”

我相信，铃木杏树嫁给医生，一定还有其他缘由，或许门当户对，或许价值观相近，或许情趣相投，或许还有别的原因。但是，她把“身体全部给他看过了”作为公开承认的嫁之理由，实在是保守了，实在是愚昧了。

因身体被人看过而嫁人，在中国我尚未听闻过，但现代中国女人因为被人强行睡过，因为两厢情愿同居过，而作为婚嫁充分理由的，似有那么一些。

在性的方面，女人是开放好，还是保守好？窃以为，开放至做AV女优不好！同样，保守至被他看过就是他的，被他睡过就是他的，与他同居就是他的，也不好！

开放过了便是放荡，保守过了便是愚昧。放荡和愚昧，均是没有自尊，没有自己。

女人，当游走在开放与保守之间。

# 44. 奇妙的筷子

通常，筷子有两种：一种是可重复使用的筷子，一种是一次性的筷子。

可重复使用的筷子有好处也有坏处，好处是相对比较精致，且节约原材料，坏处是不够卫生。一次性的筷子有好处也有坏处，好处是比较卫生，缺点是相对比较粗糙，且浪费原材料。

在日本一家餐馆，见到一种奇妙的筷子——后面一大截是可重复使用的，材料优且做工精，前面一小段由差一点材料制成，前后两段可以灵活拼接。这样的筷子，妙就妙在既保留了可重复使用筷子和一次性筷子的优点，又避免了两种筷子的缺点。

奇妙的筷子告知我们一个道理：在接受一个新事物的时候，别忘了把旧事物中好的部分留下，同时别忘了去除新事物中不好的东西。

比如，对待中西文化，全盘西化不好，全盘中化也不好；只有把中西文化中好的部分结合起来，同时把两种文化中劣的部分去掉，才是明智的。

比如，新兴产业和传统产业，也是各有优劣，只有存优去劣，才利于经济健康发展。

比如，五星级酒店和农家乐饭店，也是双方长短并存。五星级酒店有硬件的长，却无菜品新鲜的长；农家乐有菜品的新鲜，却环境不佳。新近去一家“五星级农家乐”吃饭，鱼和熊掌兼得，感觉甚好，与“奇秒的筷子”异曲同工。

奇妙的筷子，让我们联想，让我们触类旁通。

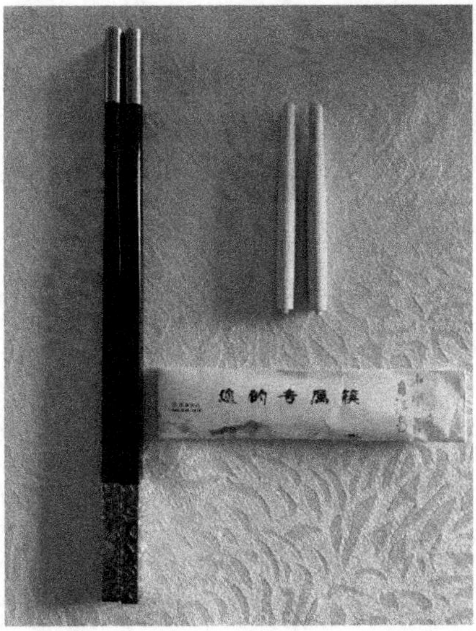

# 45. 丢不掉的围巾

前些时去日本体检，结识一位会说中文的中年女士。

这位女士长得很漂亮，有一天见我时，系着一条漂亮的围巾。我夸她："系着围巾更美丽了。"她开心地说："这是一条丢不掉的围巾。"

丢不掉的围巾？见我疑惑，她如实告知。她说，她是一个不够细心，常常丢三落四的人。就说这条围巾吧，她已有三次在乘坐地铁时下车忘在座位上。好在每每，都能过后去终点站找回——自然是没人顺手牵羊取走，而且有乘务员将其保管好了。

在上海，我有个女性朋友，同样是把围巾忘在地铁上了。这条羊绒围巾色彩鲜艳，价格不菲，她挺喜欢的。可她硬是没去终点站找一找，碰碰运气。问其故，答曰："肯定被人拿走了，我不抱希望，自认倒霉，懒得费时去白跑一趟。"

哀莫大于心死！我的上海朋友丢失一条围巾，尽管价格不菲，尽管她很喜欢，我都觉得损失不大，可以忽略，不必记在心上。可她断言肯定找不到了，断言人心不古，于她来讲是个悲哀。

我知道，在我们的国度，也会有丢不掉的围巾，丢不掉的手机，丢不掉的钱包……我知道，人们向往健康美好的社会，如同向往自己健康快乐！

# 46. 医院里的钢琴声

前些日子，去日本一家私立医院体检。

未进医院大门，便听到里面传来钢琴声。走进大厅，见一美妙女子，优雅地弹出动听的音乐。心情顿时大好！

音乐使人愉悦，病人更需要愉悦。这么说来，医院里有钢琴，有钢琴演奏，是人性化的，是明智的。

可惜在中国大大小小的医院里，好像见识不到钢琴之类的音乐设施。是中国的医院买不起钢琴吗？显然不是。是中国的医院不懂得音乐对于病人的好处吗？一定也不是。

我想，中国的医院，展开充分的市场竞争，会有优质的服务，钢琴之类也会有的。

医院里有钢琴演奏，是一种美好的服务。这样的美好，迟早会在中国的医院里实现。

# 47. 裤后袋的钱包

你敢把钱包放在裤后袋，还外露一部分，并在人众处走动吗？

在日本的大街小巷，这样的男士不时可见。一般说来，可见这样的情景，就可见这里小偷小摸几近绝迹，就可见社会风气之优良，就可想而知，这个国家可以少警力，少拘留所，少这方面的财务支出，把纳税人的钱多用于民生。

可以把钱包放在裤后袋，暴露在大庭广众，是一种自由。诚然，全世界没有一条法律规定钱包不许放在裤后袋，从法律上讲，人人都有裤后袋放钱包的自由，但是事实上，在一些国家和地区，小偷多多，裤后袋放钱包的风险不小。如此这般，就使得裤后袋放钱包的自由，理论上有，生活中无。

在一个国家，诸如裤后袋放钱包的自由，从来不是孤立的，总还有其他类似的自由相伴。试举两例：例一，在日本各地，常见居民家门口放几把伞，以便雨天使用。这同样取决于很少有偷伞贼。例二，常有日本人离家忘了关门，没走几步想起，也懒得回去补救，因为他们想——反正小偷很少。

这就是门口放伞的自由，出门不关门的自由。

一般说来，生活中种种自由多了，就有了安全感，就心情舒畅，就是一个美好的社会。

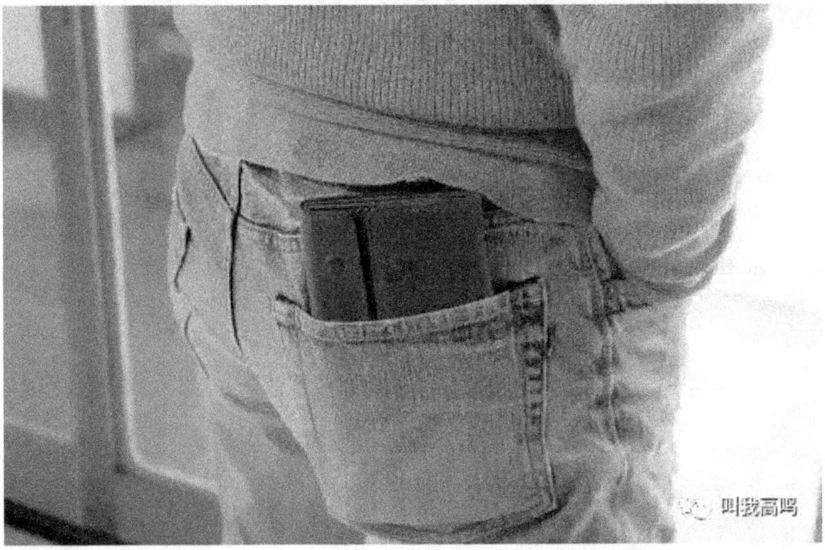

# 48. 地震来了不慌乱

媒体上见过好多踩踏事件，死伤无数。

踩踏事件系由众人在拥挤的地方惊慌失措拼命逃命所致。

可见，惊慌便会失措，失措便会出事。

美国“9·11”事件，当时在那世贸高楼中的人假如都惊慌失措，而不是井然有序地疏散，死伤者必定更多。

日本是一个地震频发的地方。地震来了，震区的人们怎么样？三个字——不慌乱。大难临头不慌乱，是避难的最佳选择，在十分拥挤的地方要是不有序，你推我挤，必然相互挡道，少了许多生还的机会。

按理说，人是趋利避害的动物。而在踩踏事件中，为什么太多的人选择无序，选择争先恐后，选择大家无路可走呢?

是不是两大原因:

一是在突发事件中失去理智。人人以为只有争先才能保命。殊不知，你争先，我争先，他争先，大家先不了；你踩我，我踏你，都无好下场。

二是缺少团队精神。突发事件要是发生在家庭，为了保命，也许有序没问题，甚至有可能会谦让，把生的希望留给亲人。而在社会上，在成千上万个众人面前，好多人就唯我独尊，对别人的生命冷漠，因此只顾自己逃命，不管他人死伤。

由此可见，地震来了日本人不慌乱，体现了两种可贵：可贵的理性，可贵的集体主义。

顺便表扬表扬“9·11”事件现场有序疏散的美国人，你们也是好样的。

# 49. 铅笔笔头上的小洞

细心的人发现，日本小学生用的铅笔，笔头上都有一个小洞。

笔头上为什么要有个小洞？原因是：美国有个小学生误食了铅笔，导致死亡。日本虽然没有发生过这种事，但日本企业家防患于未然，以防万一日本小学生误食了铅笔，也不至于窒息死亡，特意在制作铅笔时在笔头上打个洞，作通气之用。

笔头上打个洞的细节令人感动，感动于生产厂家的细致周到，对用户的体贴入微。

笔头上打个洞，不是什么高科技，也谈不上技术创新，别的国家的生产厂家应该也有能力做到，但是可能因为此举无利可图，既不能节省原材料，又不能凭此卖高价，故无人为之。

在笔头上打洞的生产厂家，可贵就可贵在并没有把客户仅仅当成为自身创造利润的对象，而是当成同类，当成亲人一样对待，想客户所想，急客户所急。

慈善，不等于把钱和物捐出来送别人；关心同类的痛痒，关爱同类的生命，是最大的慈善。

在笔头上打洞，是善举；决策这样做的人，是慈善家。

# 50. 两全其美的纸巾广告

在日本，出门大可不带纸巾，因为大有人在街头发纸巾。

街头发纸巾，自然是免费送。路人不花钱而得纸巾，自然是得益的，乐意的。

可街头发纸巾，并非出于慈善，因为发纸巾者也得利——上面印有广告，有产品宣传，所以发纸巾者也乐意。

双方得利，双方乐意，叫做两全其美。

电视里有广告，报纸上有广告，那是满足了广告主和媒体的利益，所以他们乐意，而观众和读者不乐意，往往电视广告一来就去洗手间或关机，报纸广告往往翻过不看。为了收视率和发行数，电视和报纸会控制广告量。

两全其美的纸巾广告给我们启示，让受众在关注广告时有所得益。纸巾虽小，人人用得着，在得益和愉悦中，更有心情关注广告，对广告主更有亲切感。

纸巾广告真聪明！

聪明的中国人也大有。近些年来，有些企业有选择地给众人送书，先是选择受欢迎的好书，再是选择准客户为送书的对象。当然，与纸巾广告一样，书上也有企业广告的，有的做成书签，有的做个书套，有的利用封底。广告语常有：“送人好书，手留墨香。”这可叫做两全其美的书籍广告。

广告做在纸巾上也好，做在书上也好，只要是送的，就是好的，就是两全其美。

此文的读者，只要你找到我，我乐意送你一本带有广告的好书。

# 51. 很少有假币

假币，中国有，不在话下；美国也有，我见过。假的日元很少，据说日本很多人没见过。

一个国家有了假币，尤其是假币屡见不鲜，实在是件麻烦事。我们随处可见验钞机，银行每个柜台有，收现金的商家几乎家家有。现金进出酷似过海关，非要验明正身。不说那些验钞机要花钱买，每每验钞，浪费了多少人力资源啊！

更严重的是，假币让社会少了许多安全感，坏了人们的心情。

打击假币，各国政府一定都是重视的，措施有力，方法多多。据说，美国为了便于打击假币，法律作出规定：制假币伪造得酷似的，难于鉴别的，量刑重；粗制滥造的，容易识别的，从轻处罚。

为什么绝大多数国家难于根绝假币，而日本就很有成果？恐怕并不在打击力度和方法上，是不是与普遍的国民素质有关？是不是另有什么原因？我不知道。

我只知道，没有假币的地方诚信度高，交易成本低。

# 52. 很少有内斗

日本人少内斗，对同胞很好，抱团是出了名的。

日本人生产的产品，品质一流的供应国民，二流的出口欧美，三流的销往第三世界。

日本人在国外消费，尽可能去日本人开的店，照顾同胞的生意。

日本人在国外，也是相互照应。笔者曾经开过的一个小店，吸引了一批日本人前来消费。有一次，见其中的一个日本人待人特别友善，便给了他八折优惠。不料他回去后通知了所有前来消费的同伴，让他们下次来消费也要求打八折。

中国人中出了名抱团的只有浙江温州人。温州人在全球范围内大做生意并取得成功，除了他们有吃苦耐劳精神和闯世界精神，还离不开抱团的精神，他们互帮互助，共存共荣。

内斗，互拆墙角，就内耗，实在是心胸狭窄加情商不高。中国人的智商是不低的，也是勤劳的，只要最大限度地乐意抱团，善于抱团，将在世界舞台上进一步大显身手，创造更大的辉煌。

# 53. 慢功远利

日本住友化学等三家著名企业共同出资，在山东莱阳租下1500亩耕地，租期20年。

前5年荒废在那里，野草疯长，企业年年亏损，被当地农民当成笑柄。

5年后，日本人开始运作了。先是散养牛，生产牛粪，改善土质，产出无公害农作物，农作物喂奶牛，再产出高品质牛奶。

为什么要闲置5年呢？日本有古训："种植之前先做土。"

在某些人看来，日本人真够笨的：不撒化肥，全用牛粪堆肥；除草不施除草剂，而是手拔锄除；土壤定期检测，确保养分均衡。

更让某些人闹不明白的是，日本人养殖的奶牛"吃得比人好"，奶牛吃的每一口饲料都要先通过检测，生产出来的牛奶不合格，还要倒掉。

让人惊讶的是，这家日本公司生产的牛奶每升定价22元，是国产牛奶价格的1.5倍。他们生产的草莓每千克定价120元。这些昂贵的农产品目前只有百分之十供应上海和北京，余下百分之九十供应日本市场。虽然价格贵，但依然供不应求。

种地，当然是要讲究经济效益的，问题是，是急功近利，还是慢功远利。显然，笑话日本人的某些人是急功近利了，殊不知人家是慢功远利。

种地急功近利，不但功小利薄，而且不利土质，产出品质差的农产品。种地慢功远利，不但功大利厚，而且保护土壤，产出健康食品。

种地要慢功远利，工业生产，以及做其他事业，也需要慢功远利！

# 54. 课外不读课内书

日本有所全国著名的中学，每年度给新入初中的学生家长发一份《告家长书》。书中有一条尤其与众不同："建议学生在家期间，即课外，不要再读课内书，提倡多读课外书。望家长给予配合。"

《告家长书》中，还列举了学生课外不读课内书的三点好处：

一是可以不死读书。课内书都是有标准答案的，不容质疑的，因为质疑了不利考试，不利分数。这样的书课内读读也就罢了，如果课外也读，死记硬背，就是死读书。

二是可以多读书。课外不读课内书，学生就有更多的时间读课外书，读自己喜欢读的书，随心所欲地读，带了批判的眼光读，高质量地博览群书。

三是可以培养读书的兴趣，养成读书的习惯。读书是一辈子的事，只有少年时爱上了读书，才能“爱是不能忘记的”，终生喜欢读书，得益一辈子。

报载，倡议学生课外不读课内书的那所中学，多年来培养了众多高才生，这些高才生走上社会以后，有的成了企业家，有的成了文学家，有的成了科学家，有的成了政治家。

相反，那些把分数看得比天高，把学生课内课外绑在课内书上的学校，充其量只会培养可以升入大学的人。而不读课外书的人，即使大学毕业了，也有可能只是个有文凭但无文化无思想无作为的人。

去年，美国有个九岁的女孩呼吁全世界所有的学校，为了让孩子更好地读书，更好地学习，取消所有有标准答案的考试！这一呼吁，获得很多有识之士的肯定和赞许。

这一呼吁，与课外不读课内书，大有异曲同工之妙！

亲爱的在校学生们，你们只有从课内书中、从考试中、从分数中、从文凭中解放出来，才更有希望，才更有光明的前途！

# 55. 种树挑晴天

以前我总以为，种树雨天好，因为树苗需要水分。

前些时去日本考察，见到一位有经验的种树农民，他告诉我：种树还是要挑晴天，因为雨天的水，只会使树的根长在表土上，大风一刮它们就会立刻倒下。而晴天有点干旱时种树，树就会将根扎到泥土深处去吸收水分和养料。这样，即使将来的风再大、天再旱，它们也照样能够活下去。

由种树，我想到了子女教育。树刚下地时，风调雨顺反而不利于树的茁壮成长。那么，子女小的时候，如果我们给予了太多的照料，是不是也不利于他们培养生存能力和独立性，变成长不大的孩子呢？

中国的社会现象证明了这一点。许多独生子女的家长，明显对孩子的“帮助”过了头，4岁还抱在手里，8岁还替他挤牙膏，10多岁还不让他做家务，18岁还养他，结婚还帮他买车买房，婚后还为他带他的小孩。结果是，儿子不养爹，孙子吃爷爷。一辈子不独立，生存和发展的能力降至最低。

相比之下，西方人对孩子就放手的多，散养的多，总统的儿子、富豪的女儿，年满18岁也要自食其力。所以西方人早熟、独立，既省了父母的心力，又利于孩子的成长。

由种树，由子女教育，我想到了欧洲和加拿大的福利制度。这些国家的福利“太好了”，所以也是有问题的。比如，生了几个小孩，父母靠政府提供的“牛奶金”就能不工作而活得好好的；因不劳动而得食，国民中出了好多懒人、胖子，严重影响了经济的发展和社会的进步！

有压力才有动力，树如此，孩子如此，成人亦如此！

# 56. 赌场不欢迎的人

我有一个朋友本领特高，居然破解了美国一家赌场的“老虎机”程序，因此做到每赌必赢。很快，他的这个“特技”被赌场知晓，成了赌场不欢迎的人。赌场给了他一笔钱，买断了他前来赌钱的权利，从此不让他进门。

新近在日本一家赌场，听说另一类赌场不欢迎的人。此类人有赌瘾，且好大赌，凡累计输满一亿日元，赌场会取消此人前来参赌的资格，拒之门外。

这家赌场的理由：赌也是一种娱乐，小赌怡情，大赌败家；反对大赌，如同禁毒，马虎不得。

赌场是企业，企业是要盈利的。日本上述赌场宁愿少做生意少赚钱，也要顾及赌客的利益，实属难得，值得赞美。如此，不但救了滥赌者及其家庭，而且有利于社会的稳定。

常听闻，国内某某企业家在澳门输钱数千万甚至上亿人民币，倾家荡产，企业关门，员工失业，带来了比较严重的社会问题。

我天真地想，澳门的赌场老板，能不能学学日本那家赌场，把输了一定数量钱的赌客视为不受欢迎者，将他们关在门外呢？

# 57. 撞车以后

在日本东京的一个十字路口，我亲眼目睹两辆小车猛烈相撞。起因是其中一位司机闯红灯，车速又快，另一方避之不及。

我问身边在日生活多年的中国朋友，撞车的两位司机会不会因此吵架，特别是那个无辜者会不会得理不让人，训斥和责怪那个“犯错”的？

朋友肯定地说，不但不会，两个人还会握手言好。

果然，两位司机下车后，先是握了下手，再是检查对方车辆撞后状况，再是各自联系保险公司，最后分手时还微笑着一个拥抱。

此情此景让我肃然起敬。我过往在生活中见到的是，两车相撞以后，不论责任在哪一方，司机下车后大吵一场，互相指责，甚至挥拳动武。

交通规则再好，人们遵守交通规则的意识再强，撞车总是难免的。撞车必定有损失：车会受伤，还会浪费一点时间。不过，只要不是车毁人亡，撞一下车，也不是什么大不了的事。

撞车以后真正让人不愉快的是：对方的指责，不依不饶。笔者有过此种经历，苦不堪言。

撞车，撞已撞了，吵架，指责，丝毫解决不了问题，干嘛要自找不愉快呢！自找的不愉快大于车撞本身的损失和不愉快！

撞车以后怎么样，大可检验一个人的修养。

# 58. 欢迎停车

对不懂外语的中国人而言，旅游去日本比去英语国家有一个便利：英文只字不识，日文尚能读懂一点。如“駐車歓迎”，即欢迎停车。

年初去日本，住在日本有房的中国朋友家。朋友的独立屋不大，且没有停车位。好在有个邻居是富豪，不仅房子大，门前还有三个停车位。富豪夫妇老了，不备私家车，出门坐地铁。三个停车位不用是浪费，便挂出牌子，上书：“駐車歓迎”，以方便缺停车位的左邻右舍。于是，“駐車歓迎”的停车位成了朋友的固定车位。

人类社会，贫富差距总是存在的，差距太大不好，没有差距也不行。

富人的财产和穷人的财产一样，都要得到保护。不过，要是富人主动拿一点出来给穷人，则是好的。比如上述那个停车位，富人多余着，不用白不用，来个“欢迎停车”就很好——予者无损，受者得益。

其实，人与人之间，不仅仅是富人与穷人之间，富人与富人之间，穷人与穷人之间，可以互通有无的方面有好多。比如富人甲有私人飞机，富人乙有私人游艇，他们之间就可以在自己的东西闲置时借人使用。穷人甲会修鞋，穷人乙力气大，他们之间就可以你帮我修鞋，我替你搬东西。

你帮我，我帮你，就可以充分利用资源，更好地发挥人的特长，增进人际感情，促使社会和谐。

欢迎停车，欢迎借车，欢迎借力，欢迎……

多一点欢迎，世界更美好！

# 59. 劳动报酬

除了义务劳动，劳动总是有报酬的。劳动报酬通常是工资、奖金及实物。在西方的一些服务行业，客人消费以后还会给小费，这小费就是服务员的一种劳动报酬。

日本全日空10多年来坚持给员工一种特殊的“劳动报酬”——乘客的表扬信。

凡是收到的乘客表扬信，全日空的行政部门会一一登记，妥善保管，最后作为劳动报酬的一部分细心地附在工资单后面发给员工。员工则会高兴地把这些表扬信（劳动报酬）带回家中，与家人分享被人表扬的快乐！

上述表扬信给我们传递了三条喜人的信息：第一，全日空的乘务人员服务上佳，赢得了乘客发自内心的肯定和赞美。第二，享受优质服务的乘客把感谢说出来，体现了知恩感恩懂得礼尚往来。第三，全日空心理学学得好，深知被人表扬带来的心情愉悦也是一种劳动报酬。

据了解，带有顾客表扬信的工资单，目前正在日本的铁路运输公司、大型连锁超市等企业广泛推广。

每个劳动者，都应该在乎那样的表扬信！

# 60. 跪式服务

在我们意识里，下跪是不轻易的。求情，反复口求无效，声泪俱下无效，于是跪求。请罪，双膝跪下，也是最高形式的认罪、悔罪。

在日本，下跪似乎另有含义和用处。

在日本东京一家豪华酒店的咖啡厅，笔者花5美元点了一杯越南咖啡，便享受了一位英俊青年的下跪——跪式服务。

我用中国话对这位服务生说："让你跪着，我不好意思，过意不去。"

他居然略通中文："你可以对我的服务表示感谢和满意，但不要不好意思和过意不去。"

或许他是对的。在他眼里，他之下跪没那么不轻易，既不是求情，也不是请罪，仅是放低自己，以示对客人的尊重和优待。

跪式服务给我们启示：放低自己可以赢得对方的感谢和满意，乃至歉意，乃至好感，乃至尊敬。

人际交往，自然不必下跪，但是放低自己确是良策。你越是高高在上，自以为了不起，越能证明你的无知和自大，越能证明你对同类的不敬，因而被人所不齿。

我有几个人缘极好的男女朋友，究其人缘好之根由，无不是发自内心地放低自己看高别人。

放低自己，你就高了；看高自己，你就低了。

# 61. 柔情执法

闯红灯，全世界行不通，日本也不例外。

在日本一个不大不小的城市，我乘坐的一个朋友的车在黄灯与红灯之间来不及停车，闯了红灯，被正好路过的交警车发现，于是吃了罚单。

因闯红灯而被交警拦下并处罚，不足为奇。

为奇的是，日本交警执法时的柔情：先是微笑而恭敬地取出自己的交警证，让司机验明正身。然后轻言告知，司机闯了红灯违了交规。然后开出罚单，耐心说明如何处理罚单，建议司机尽快交款，以获罚款打折优惠，提醒别迟交，以免再交滞纳金。然后弯腰主动与司机握手，并说：“对不起，不好意思！”

“谢谢，麻烦你了！”司机说。

交警处理司机违章，就在如此温情脉脉中完成，双方心情舒畅！

想起记忆中的交警处理违章：一方板着脸，教训人；另一方先求情，见无效，则怒目。在敌对情绪中完成程序。

法律是严肃的，但执法者可以柔情执法，既依法办事，又有情有义。

# 62. 拼 车

前些年去南京公干，晚上过9点就没了从南京到无锡的火车，只能打的回去。从南京打的到无锡，要400元。

后来有了拼车，就是4个乘客拼一辆出租车回无锡，每人出资100元。

拼车正好，提高了汽车的利用率，省了乘客的钱。

在日本，现在有另一种拼车。两个或几个上班族，工作地点和住家地址相近，就拼车上下班。今天用甲的车，明天用乙的车，后天用丙的车。

如此拼车，好处多多。首先，私车变成了小型公共汽车，实现了出行靠公交，相当程度上减轻了城市交通拥堵。其次，省了汽油，减了汽车的损耗。再次，融洽了人与人之间的关系。

如此拼车，在我们的城市里能不能推广呢？只要彼此心胸开阔，心态开放，我想应该是可以的，毕竟是参与者共同获益的嘛。

# 63. 履历不填学历

听日本朋友说，日本一些城市和部门，公务员履历不再填学历了。

无独有偶。今晨读2016年第14期的《读者》，在第17页，也见“韩国公务员履历不再填学历”的文字。

“不再”，说明以前填的。以前填，是以为有用吧，以为可以证明什么吧。现在不填，是实践告诉我们，填了根本没有价值，纯粹多此一举。

为什么填学历没有价值？媒体没有点明。我试想，这是因为：一，学历跟一个人读书多少没有关系。学校就那么几十本书，哪能与成千上万本课外书比。我有个作家好友，学历仅高中毕业，可读的各类人文书不说破万，数千本还是有的，比起那些平时不喜欢读书的大学生、研究生、博士生，不知多读了多少书。

二，学历跟一个人的文化修养不一定呈正比关系。许多文化不在书本上，在社会生活中，“听君一席话，胜读十年书”，“三人行必有我师”。悟性好的人，时时处处在学习，天天在进步。

三，学历跟一个人的思想水平没有关系。实践出真知，实践出思想。

四，学历跟一个人的能力不一定都有正比关系。各行各业中那些出类拔萃的，那些成功者，许许多多没有高学历。而高考状元，不一定人人出类拔萃，大有作为。

学历能证明的仅仅是，一个人在学校读了几年书。连这个人是活读书还是死读书，学历都无从让我们知晓。从这个意义上来说，学历不足为凭，不足为信，大可视为废纸一张。

公务员履历不填学历，可以给我们企事业单位以启发。愚以为，大可效仿！

整个社会不看学历看水平看能力，分数教育的问题也可能就迎刃而解了，有创造性的人才必将大量涌现。

# 64. 漂亮的校服

在电影里，在生活中，我们看到日本学生的校服挺漂亮，穿着它，女生优雅，男生俊逸。

据了解，日本学校有专门的校服设计师，还会请著名的时装师，根据每个学生的体形，设计定制出漂亮的校服。

韩国的校服也很漂亮。

前年，南京的一所中学听取了学生们的意见，要一扫臃肿肥大的校服风，采用韩国版的校服，男生穿制服，女生穿裙子，让校服变得漂亮起来。

女生们兴奋不已，回家后还打电话和同学们热烈讨论，想象自己穿上裙子后会有多美丽，男生又会多英俊……可怜的孩子们太缺乏经验了，全然没有注意到，父母那充满警惕的眼睛，正紧张地注视着他们的举动。

偷听到孩子们的讨论，家长们立即上网搜韩国版校服的样式看。这一看可不得了，家长们全都炸了锅。他们愤怒地向校方投诉，称：漂亮的校服，会刺激孩子们对异性的好感，导致早恋；必须让校服回复老土的设计，让孩子们没脸见人。

在家长的轮番轰炸下，校方无可奈何“投降”了，依然沿用了“我很土，谁理我谁就瞎了眼”的旧式臃肿服，孩子们顿时哀声叹气。

有位日本朋友说，日本之所以要把校服弄得非常漂亮，是因为他们视校服为成长教育的重要元素。漂亮的校服，能够赋予孩子高度的自信心与自我认同感，克服自卑的天性，同时养成智性的审美眼光。这样，能够让孩子长大以后，成为一个有品位的人，有趣味的人，有意思的人。

日本人挖空心思让孩子自信，我们这边绞尽脑汁让孩子自卑。

自信的人乐观，相信美好，有创造性。自卑的人悲观，情绪低落，缺乏独立性和创造性。

报载，2000年至今，日本共产生了十几位诺贝尔奖科学家，而中国获诺贝尔奖的科学家不多。

漂亮的校服功莫大焉，丑陋的校服罪莫大焉！

# 65. 红灯与救灾

人们常把守规矩视为美德，在我看来，守规矩是中性的，没有褒贬的意思，只有在具体的情形下，才能分优劣。

比如在路上交会的人和车较多，就得守红灯停绿灯行的规矩；在车和行人不多的地方，就可以取消红绿灯，代之以闪闪的黄灯；在无人烟的地方，就无需有交通灯，就是有了，也该视而不见闯过去。

可怜的日本人，刻板成性，在规矩面前，不分清红皂白，不视客观情形，一律守之，把守规矩看得比生命还重，真是本末倒置。

1995年1月，日本发生了震惊世界的阪神大地震。神户在地震和随之而来的火灾中化为一片废墟。然而，在随后的救灾过程中，人们竟然看到了如此荒唐的一幕——在没有任何行人的十字路口，每遇到一个红灯，奔赴灾区的日本自卫队的救援车就会停下来“耐心等待”。

显然，在自卫队的意识里，遵守交通规则大于救灾救人。这样的守规矩，不是美德，是缺德，是可耻。

在这方面，中国人就普遍灵活得多，懂得规矩是手段不是目的，守不守规矩，要具体问题具体分析，从效果出发。

就在去年，南京正在行驶中的一辆公交车上，有人突发心脏病，生命垂危。在此人命关天的时刻，司机毅然目无红灯，不守交通规则，连闯三个红灯，及时将病人送进医院，从而挽救了一条生命。事后，交管部门主动删掉了这名司机的违章纪录；有关部门还表彰奖励了这个明事理、不刻板、勇于承担违章责任的优秀驾驶员。

救灾大于红灯，救人大于规矩。我为中国人叫好，为日本人叫悲。

# 66. 自由的小草

安徽有一个女性公务员去日本旅游，回国后打电话给我，她最有感觉的不是那里发达的经济，繁荣的城市，而是偶尔发现的小草。

那小草出生并生长在东京、大阪这种大城市繁华地段的水泥缝里，它们是那样的干净，那样的施展，那样的快乐，那样的自由自在，全然按照自己的方式活着。

可以想见，这里的众多行人没有随意去伤害这些小草，这里环卫工人的扫把也是对弱势的小草留了情。

我们城市里的小草，大多要么被无情消灭了，要么是规划之下被人工种植，接受管理，整齐倒是整齐了，划一倒是划一了，可因不自由，少了那份灵气，缺了些许可爱。

小草都是自由自在生长的可爱，何况人乎？人拥有了自由，才有生气、灵气、人气、独立性和创造性。

在日本和西方国家，普遍尊重弱者，残疾人在那里活得大有尊严。

那个安徽女公务员总结说，尊重小草和尊重弱者是相通的，是人心中美好的东西。

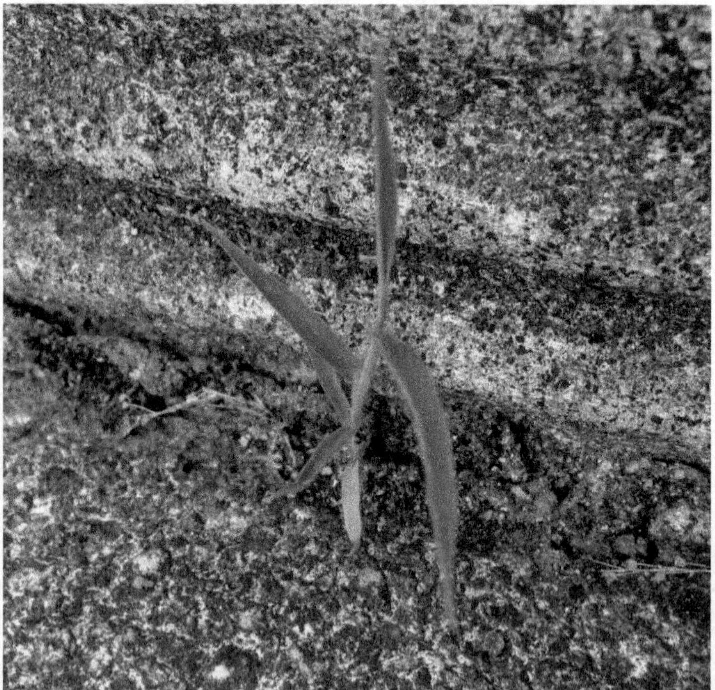

# 67. 尴尬的让座

朋友在日本乘地铁，见“老弱病残”专席上空着，便坐了；到了下一站，上来一位七十岁模样的老人，就起身让座。

不料，老人并不领情，不仅不坐，不仅不道谢，而且用怪异的目光投向给他让座的人。在此情形下，我的那位朋友也没好意思重新落座，于是双方均站着，场面尴尬。

尴尬来自文化的差异。

在中国人看来，位子空着是浪费，尽管是“老弱病残”专位，只要现场没有老弱病残，非老弱病残者就可享用，事实上地铁管理部门也没有禁止这样的灵活机动。

在日本人的意识里，有种不服老不认弱的精神，尽管物理年龄是老人了，但他们感觉自己生理年龄和心理年龄还不老，自己不是老者和弱者，不愿意主动享受老弱者的待遇，也拒绝接受别人这方面的照顾。

在我看来，座位还是要有人坐的，毕竟坐着比站着舒服，只要让老弱病残者优先就行。我们这边的问题是：一方面，有些人与老弱病残者争座位，不让座；另一方面，有的老人倚老卖老，非要别人给其让位。互不相让，场面同样尴尬。

日本老人不服老的精神可嘉，可因此对别人的敬老没有感激之心，甚至反感，则大不妥，大不礼貌。再则，他死脑子，就是感觉自己才十八岁，也不妨在“老弱病残”专位上坐啊，有“专人”来了让就是了。

# 68. 没有欠薪

欠薪是个世界性的问题，资本主义国家有，比如美国；社会主义国家也有，比如中国。

日本似乎是个例外，好多在日本长期居住的人没听说过老板欠员工薪酬，网上也查不到有关欠薪的报道。

没有欠薪好，至少在这方面，劳资之间避免了矛盾，和谐了。

查了一下美国的法律，美国法律对欠薪的处罚非常严厉。《第三只眼看纽约》的作者陈九，就几次三番目睹欠薪的老板被警察铐走。

中国也有劳动法，保护劳动者的薪酬权益。

中学时上政治课，政治老师教导我们，什么叫资产阶级法权？

资产阶级法权就是资产阶的意志和利益在法律上的表现。那么好，说明保护劳工的法律，同时也是符合资方的意志和利益的。因为，劳动者是穷人，穷到一定程度，是会和富人产生矛盾的，是会造反的，是会革命的。

所以，无论社会主义还是资本主义，都有劳动法或劳工法，都在协调劳资关系，都在解决欠薪问题。

过去，资本主义搞市场经济，社会主义搞计划经济；现在，社会主义也搞市场经济了，尽管还不那么完善。

可以说，保护劳工利益，资本主义是向社会主义学的；市场经济，是社会主义向资本主义学的。

社会主义和资本主义，本质上有区别，但在某些方面，尤其在一些形式上，差别在缩小。对于人类社会，这是好事。

由日本没有欠薪，我想到并写下了上述文字，不知读者诸君有否同感。

# 69. 穷人买彩票

日本友人告诉我，时下的日本，买彩票者众，他曾见一家彩票发行点排队长达一千米。

他说，日本彩票销售有两大特点：一是经济不景气的时候，彩票销售旺；二是富人鲜有买彩票的，买彩票的穷人多。

穷人喜欢买彩票，不光日本如此，听说欧美也这样。中国呢？不用说，买彩票当然是穷人热衷，是穷人的游戏。不对，穷人不以此为游戏，穷人是指望着鸿运高照，凭此脱贫致富的。

不可否认，买彩票是有机会中奖的，中了大奖是可以发财的。严肃的问题是，那大奖概率极低，不是百一千一，而是数万分之一。通常是，你买彩票的钱，一部分成了彩票公司的利润，一部分成了幸运者的胜利品。

可以想见，比尔·盖茨不会买彩票，乔布斯不会买彩票，马云不会买彩票，王健林不会买彩票。为什么？因为成功者总是把成功建筑在自己的奋斗上，而不会把希望寄托在虚无缥缈上，寄托在天大的运气上。

碰运气，是穷人思维、懒人思维。而正是这种思维，导致了无所作为，导致了贫穷困苦。你想想，已经穷了，还乱花钱——买彩票，穷上加穷。

我原以为，只有发展中国家的穷人买彩票，因为他们不但贫穷而且愚蠢，没想到发达如日本的穷人也买彩票。我长了一智：全世界穷人的思维都是一样的！

# 70.“食草男子”

人类自从有了语言文字，时不时会冒出新的词汇来。前些年在中国，从民间到媒体，一下子你也“给力”我也“给力”的。近年在日本，又有了“食草男子”的说法。

由“食草男子”，自然联想到“食草动物”。

食草动物，牛羊兔之类，性格温和，逆来顺受，缺乏攻击性，是食肉动物的口粮。

“食草男子”，与食草动物大有共性。他们缺少阳光之气，对新鲜事物和功成名就没有欲望，对恋爱没有热情，不愿意主动追求自己所喜欢的异性。在女人们的眼中，他们优柔寡断，没有主见，没有新意，实在窝囊。

在21世纪的今天，何止日本盛产“食草男子”，其实，“食草男子”遍布全球。

与“食草男子”相对应的，是全球范围内出现了大量“食肉女子”。

在我看来，男弱女强现象充满世界，是不以人的意志为转移的，是社会发展的必然。

为什么这样说？首先，人类已经从渔猎社会、农业社会进步到工业社会、信息社会。在这样的社会里，男子固有的体力优势的重要性逐渐减弱。其次，大量农村人口走进城市，与人沟通的能力和情商极其重要，而这方面，女子有特长，曾有哲学家说，女人是天生的政治家。

在越来越多的国家里，“食肉女子”正在成为领袖；在越来越多的企业里，“食肉女子”正在成为掌门人或销售能手；在越来越多的家庭里，“食肉女子”正在成为做主的人。

在中国的语境里，“食草男子”叫“窝囊废”，“食肉女子”叫“女汉子”。

我不想做“食肉男子”，也不想做“食草男子”，我想肉草搭配，均食之。

我不喜欢“食草女子”，也不喜欢“食肉女子”，我喜欢跟我一样，肉和草都吃的女子。

肉和草都吃的人，才是既有理念有主见有个性，又有丰富情感温和温暖的人，才是合格的人，理想的人，可敬可爱的人。

光吃肉和光吃草的人，或是食肉动物，或是食草动物，唯独没有人的属性。

每一个人都该审视自己，你食什么？你食什么，你就是怎样的人！

# 71. 人生三大快乐

日本有个民间组织，新近在一万个成年人中做了个问卷调查，题目就一个：你的人生三大快乐是什么？

正是人各有乐！答案五花八门，千奇百怪。

种类超千，限于篇幅，选录10例如下：

1. 抽烟，喝酒，睡老婆。
2. 购物，旅游，看电视。
3. 吹牛，打牌，喝鸡汤（心灵鸡汤）。
4. 居家，种花，养宠物。
5. 赌钱，泡妞，看黄片。
6. 恋爱，读书，写作。
7. 麻将，散步，创意。
8. 工作，升职，加薪。

9. 唱歌，跳舞，接吻。

10. 运动，聚会，辩论。

我的人生三大快乐，与上述第6例同，即恋爱，读书，写作。

手头有本去年出版的《读者》，刊有性学专家李银河女士《人生三乐》一文。不妨摘录几句：

“恋爱、读书、写作是人生三乐。恋爱时，人沉浸在激情之中，快乐的感觉无以复加；读书时，人徜徉在智慧之中，心旷神怡；写作时，人寻寻觅觅，仿佛处在寻宝的过程中，一旦有所收获，便心花怒放，心情愉悦得无与伦比。”

“无论生命还有多长时间，唯愿沉浸在恋爱、读书和写作之中。”

## 72. 长 寿

日本有好多个世界第一，如人均寿命长世界第一。

资料显示，1967年日本平均寿命超过美国，1977年又超过瑞典，成为世界第一。

日本人长寿的秘诀是什么？有人说，跟饮食有关。日本人吃得少，且吃健康食品。有人说，跟医疗条件有关。确实，日本医疗水平全球领先，近些年吸引了许多国人前往体检、治病。有人说，跟日本社会和谐有关。倒也是，日本人普遍团结友爱，彬彬有礼，人际交往甚是舒服。有人说，与日本人生活美满幸福有关。此论有误，据国际上一个权威机构调查，日本人的幸福感是比较低的。日本人的自杀率比较高，显然，自杀是无幸福可言，是生不如死的结果。

一个人长寿，一国人普遍长寿，肯定是由诸多因素决定的。日本人长寿的决定性因素是什么？日本的一个健康专家兼心理学专家新近得出结论：取决于日本人热爱工作。

日本少有懒人。日本人不仅年轻人和中年人努力工作，就是到了老年，也是要么延长退休年龄，要么退而不休，真正做到了活到老做到老，生命不息工作不止。

工作着，奋斗着，人的细胞才活跃，才有活力，才抗衰老。保健，养生，兴奋地工作着，是最好的保健，最好的养生。

国际上，常见90岁高龄的企业家、政治家、艺术家，他们无一例外地从不过所谓的纯粹的退休生活，依然满脑子经济、政治、艺术，至于吃喝玩乐、天伦之乐、旅游休闲、穿着打扮，从来不是生活的重头。

要长寿，去工作，去奋斗。

要短命，不劳动，晒太阳，无兴奋。

# 73. 警惕“一致”

日本有家大企业的董事长，每有重大决策，必在董事会上广泛征求意见，然后表决。

有意思的是，只要没人提出异议，一致通过，他就否了这个决策。理由是，决策不可能十全十美，没有反对或改进意见，要么大家都往好处想了，没有多角度考虑问题；要么好些人随大流了，根本就没有开动脑子，或者有了自己的意见不愿意表达出来。

不以一致洋洋得意，且警惕之，使这家日本企业数十年来在重大决策上没有犯错，成了行业领头羊。

在政治领域，有人是喜欢一致的。记得萨达姆垮台前的几个月，还在总统选举中得了满票，一致通过。

美国不求一致，总统大选，无论胜选的，还是败选的，票数常在百分之五十上下。

从日本这家大企业董事长的决策过程看，一致通过，一致拥护，都是不周全的。

# 74. 终身雇用

员工一旦进入企业，便被终身雇用，这在日本比较普遍。

发展中国家这种现象几近没有，因为企业的寿命本就不长，何来终身雇用？

发达地区如美欧，这种现象也不多，尽管那里长命百岁的企业多多。

与所有的制度一样，终身雇用制肯定也是有利有弊。弊的方面暂且不去说它，说说它的好处吧。

好处一：容易让员工对企业产生亲情。为什么有血缘关系的人有亲情？为什么夫妻一起生活久了有亲情？日久生情也！同样，一个员工在一家企业待久了，感情自然而生。

好处二：容易形成独一无二的企业文化。文化一致，利于步调一致，步调一致才能打胜仗。

好处三：老员工了解企业内外的方方面面，技术更精，干活更熟，与客户也多有交情，利于留住老客户。

好处四：省去好多对新员工的培训费。

好处五：老员工多，说明企业长寿而健康，稳定性好，有凝聚力，可以提升企业形象。

在世界上，日本企业很有竞争力。我想，对员工终身雇用，大约也是原因之一。

# 75. 少有胖子

众所周知，日本少有胖子。

少有胖子，跟日本人节制饮食大有关系。节制饮食不但节约了食品，而且保护了身体。

什么叫节制饮食？就是吃多少以胃为标准，以人体所需能量为标准，而不以食欲为标准。以食欲为标准，食欲好的时候就会进食过量，长期进食过量就会导致肥胖。

其实，人生还有许多方面需要节制。

就说娶妻吧，娶一个正常，合法，多娶了，或养小三了，就是不节制！

就说恋爱吧，恋爱是一辈子的事，但同时与两个异性恋爱就是不节制！

就说用权吧，在权力范围用足可以，但不可越权，滥用权力就是不节制！

当然，人生自有无需节制的地方。比如读书，读书一万卷，依然可以不节制，可以破万卷。比如创意，可以创意无限，节制了反而不好。比如长寿，不要百年，要自信人生二百岁，甚至更长。

人生，有所节制有所不节制，才是安全的、健康的、科学的、丰富多彩的。

# 76. 养老金

日本国会通过了养老金改革方案，大概的意思是从原来的续交20年改为15年。无疑，这是福利的提高。

今天早晨，我在微信朋友圈里转发了这条消息，引来一片赞美。有的说，哇，这等好事！有的说，真好！有的说，这样的改革造福百姓。

对养老高福利，我不点赞，还想唱唱反调呢。

看看欧洲吧，高福利已让许许多多的人缺乏斗志，不去创业创新，成了懒虫。

再富不能富孩子，高福利下的独生子女养尊处优，没有危机感，只有优越感，经不起风浪，成不了英雄。自古英雄多磨难嘛。

同样的，太优越的老年生活，也会磨灭老年人的意志，不利于他们“继续革命”，有一分热发一分光。

对实在不行的老年弱势群体，可以老有所医，老有所养。但绝大多数老年人，尤其是身体条件尚可的老年人，更应该提倡老有所为，让他们有兴趣干自己力所能及的事，为社会繁荣，也为自己的快乐和尊严。看看美国总统特朗普吧，没去享受养老金，而是在为改变美国承担重任。

减少老年福利，不但对一个人老了以后不无所事事有利，而且可以鼓励青少年和中年人勤奋学习和工作，为日后的老年生活“积谷防荒”，打下坚实的物质基础。

为了个人的发展，为了社会的进步，我对全世界的高福利投反对票！

## 77. 不穿袜子

我有一个好朋友，前些年与一个来华工作的日本人交上了朋友。日前，他应邀去这个日本友人家作客。作客过程中，他发现一个细节：主人家两个幼小的孩子不穿袜子，光着脚在冷冷的地板上走来走去。

主人解释说，让孩子不穿袜子，脚和身体冷一点，尽管少了些舒适度，但利于孩子因冷而多动，因冷而不昏昏欲睡，因冷而头脑清醒，因冷而便于学习和思考。

在这方面，日本人的思维方式和做法与中国人恰恰相反。中国的父母，生怕孩子受凉了，生怕孩子不舒适，考虑孩子长远利益和根本利益的少。

甘蔗的两头，甜度不一样。人生的态度有两种，一种是先吃甜的，一种是先吃不那么甜的。两种人各有理由：先吃甜的人说，活在当下，我每吃的一口，都是最甜的那部分；先吃不那么甜的人说，活在未来，活在希望中，我每吃的一口，都是比上一口更甜。

显然，前者的生活会每况愈下，尽管眼下似乎少吃了苦，少了奋斗，小日子过得不错，但少壮不努力，老大徒伤悲，没有希望，没有美好的明天。而后者，吃苦在先，快乐在后，日子一天更比一天好。

让孩子冬天不穿袜子，受点寒，吃点苦，就是甘蔗从不那么甜的一头开始吃，就是肯为了明天而努力奋斗的人生态度。

# 78. 被打手的原因

我有个施姓朋友，前些时去日本，被一位日本老人恼怒地打手了。

细节是这样的：在一处爬台阶时，施女士见一位高龄日本男子气喘吁吁，满头大汗，顿生怜悯之心，便伸手去扶。不料，老人对其怒目，且狠狠地打了她的援助之手。

直到回国以后，施女士依然不明就里，搞不懂那日本老人为何不仅不感激她，反而对她的帮助大为反感。有人解读，兴许是那个老人不服老吧，对别人把他看老了，没行动能力了，本能地生气。对这样的解读，施女士将信将疑。

对这样的解读，我原先也是不知对否。

今日读了一兵翻译的美国人写的《菊与刀》才明白，日本人固有的文化是，不接受来自非亲密之人的恩惠。在他们的意识里，有恩必报，而接受了陌生人的恩，无以回报，这样就如欠债不还一样过不了自己的道德关。

这就找到了施女士被打手的原因。

原因是找到了，但我不认同日本人的这种报恩文化。

我以为，感恩是必须的，至于报恩，则要看具体条件，有条件就报，没条件铭记在心，等待时机。对于别人举手之劳之恩，说声谢谢即报恩，或者自己多为别人做些举手之劳的事即好。

其实，乐于受惠，从某种意义上说，还是一种美德，成全他人的美意嘛！正如日本人的俗话所说："唯非凡气度，方能受人之恩。"

由此说来，打施女士手的那个日本老人，未免小家子气了，未免自私了些。

# 79. 执行命令

没有一种文化鼓励众人可以不执行命令，但真正不折不扣执行命令的，要数日本人。

在和平年代，有一位军官带着一个联队去行军，他下了命令：没有命令，任何人不得喝水壶中的水。这一天，部队持续行军60英里，由于口渴和疲劳，20个人倒下了，其中5个死了。检查他们的水壶时，发现其中的水都没有喝过。

在和平年代的行军中，当生命和执行命令发生矛盾时，日本人选择了执行命令，放弃了生命。可见，日本人是把执行命令看得至高无上的，当成硬道理的。

把执行命令看得至高无上，当成硬道理，是一种刻板，是一种不灵活，是把手段当成目的了。

执行命令，是为了把事情办好，是手段，不是目的。上述行军途中不准喝水的命令，是为了锻炼军人的意志和耐力。参与行军训练的军人，当自己的体能可以接受的时候，命令有意义，可以听从，可当自己生命垂危时，则应当把生存视为硬道理，君命有所不受。

在这方面，中国文化就进步得多，灵活得多，实事求是得多。你听："将在外，君命有所不受"。

君命有所不受，就是不把命令看得至高无上，而是把解决问题看得至高无上，把解决问题当成硬道理，把执行命令当成软道理。硬道理大于软道理，当硬道理与软道理发生矛盾的时候，软道理应当服从于硬道理。邓小平说得好，发展是硬道理。

历史上，日本人学了中国人许许多多先进的东西，可是中国人懂得目的大于手段的道理，硬道理大于软道理的道理，日本人至今没学，没懂。

从某种意义上说，是执行命令还是不执行命令，全凭当时当地的客观情形。

# 80. 吃不下就剩下来

中午在无锡湖滨饭店吃饭，见饭桌上有块牌子上书：“不剩饭，不剩菜”。

这样的提示见得多了，也就不进脑，更不会引起思索。

下午乘机去了日本东京，晚饭时在餐桌上，同样见有一块提示牌，不过内容正好相反：“吃不下就剩下来”。

我相信，中日两国都有节约的传统，上述两家饭店都是主张客人不要过量点菜，反对浪费的。区别仅在于，面对吃不下的饭菜怎么办？是为了不浪费硬吃下去呢？还是以肠胃为标准，饱了就剩下不吃？

客观地说，所点之饭菜吃不下总是难免的，因为不同的店家装菜的器皿有大小，因为点菜的主人无法正确评估客人的胃口有多大，还有其他的种种原因。

饭菜已经点了，为了不剩，吃不下硬吃，全然不顾人的需求，颇有以饭菜为本的味道，实在是大大的不人道。只有吃不下就剩下来，才是人的利益高于一切，才是人道主义，才是以人为本。

不剩饭，不剩菜，举的是节约的大旗，似乎道德得很。其实，将吃饱以后剩下来的东西硬吃下去，并没有起到节约的效果，无非是把那些东西丢进真实的垃圾桶，还是把肚子当成垃圾桶的区别。对于人体而言，过量的食物进去，就是垃圾，不仅无益，而且有害。

去饭店点食物，多点了就意味着浪费，无论是装进胃还是剩下来。以为吃进去便是不浪费，实在是自欺欺人。

去饭店吃饭，正确的做法是两条：一，尽量不要多点食物，以免浪费；二，一旦多点了吃不下，就坚决剩下来。错误的做法，一是多点了，二是错上加错——硬吃下去，不剩下来。

# 81. 五元满意费

有些事情，本来蛮好的，可一旦成了制度，就变味了。比如西方服务业流行的小费，初衷是好的，可以调动员工优质服务的积极性，可有了15%的硬性规定，成了小费制度，就没意思了。

哪里没意思了呢？反正15%的小费是规定，是制度，是约定成俗，那么好，服务好与坏一个样，调动不了服务好客户的积极性。再则，服务不好，本来客户就心里不舒服了，还要付小费，更不是滋味。

在东方社会，没有小费制度，这就很好。客人付不付小费，全凭客人心愿。我也乐于给出租车司机小费，可那一定是我对司机感觉不错，而不是因为规矩。

新近在日本一家足浴店，见识了别样的小费形式：服务完毕，小姐问客人是不满意还是满意。如若满意，请加相当于人民币5元的日元。

我为这样的小费形式点赞。其一，这种小费是在客人对服务满意的前提下付的；其二，店家可以凭此五元知晓员工的服务质量；其三,五元小费付在总账里，避免了这5元收入的逃税。

西方有西方的优点，西方也有西方的缺点，小费制度就是西方的缺点。

东方有东方的缺点,东方也有东方的优点,有小费而不成制度,就是东方的优点。

# 82. 可爱的女市长

《世界新闻报》载，日本有个女市长，年轻，美貌，骑着单车上下班。有图为证。

说她可爱，与她是日本人无关，与她年轻无关，与她美貌也无关。

年轻美貌的女子多呢，不稀奇，若要可爱，必定还要加上些什么，比如善良。

为什么说这个女市长可爱呢？因为她除了年轻美貌还加了些可贵的东西。当然不是她加了市长的身份，而是加了她上下班骑单车，没有公车私用。

市长骑单车，说明简朴。简朴是好的，市长简朴更可贵，所以可爱。

市长骑单车，说明没有官架子。没有官架子，就亲民，就可爱。

由日本的美女市长骑单车，想起了奥巴马总统自己打伞。

**日本最年轻女市长骑车上任**

2010-12-17 16:49:16　来源：国际在线-《世界新闻报》　编辑：韩基韬

据日本《产经新闻》报道，12月13日刚刚当选为日本兵库县尼崎市市长的稻村和美骑着自行车上任了。

# 83. 无酒饭店

日前在日本东京，被“无酒饭店”的店名吸引，便在此午餐。

饭店不供应酒也就罢了，干嘛还特意在店名上体现出来呢？店主告诉我们说，这样可以把喜欢喝酒的人拒之门外，而吸引不喜欢喝酒的人。他进一步解释说，喝酒的人话多，还喜欢劝酒，这对不喜欢喝酒的人是一种噪音，是一种干扰。

把喝酒的人拒之门外，有没有影响这家饭店的客流呢？没有。恰恰相反，这家无酒饭店生意大好，因为它为不喝酒的人营造了安静而美好的环境，让相同的人聚在一起。

世界上有两种人，一种人喝酒，一种人不喝酒。一家饭店专门为不喝酒的人而开，是一种细分市场，是一种经营之道。

作家韩寒说，我希望喜欢读我书的人继续喜欢，希望不喜欢我书的人继续不喜欢。这和无酒饭店有异曲同工之妙。

事实上，我们每一个人，因为价值观不同，因为思想方法不同，因为性格脾气不同，因为兴趣爱好不同，因为气质不同，也是无法做到人人喜欢的。只要同类喜欢我们就好。

我是一个滴酒不沾、根烟不抽的人，相信和我一样的人还大有。真希望在中国大地，尤其在无锡，多一些无酒饭店、无烟饭店，相信这样的饭店一定生意兴隆。

# 84. “我要加油”

15年前，我乘飞机去珠海，朋友小世驾车前来接我。在去宾馆的路上，小世的车突然动不起来了，一查，是没汽油了。

小世为此很是过意不去。幸好离加油站正巧只有几十米，我们推车过去解决了问题。当时，我脑子里一闪念：要是汽车在快没油时不仅亮起黄灯，还会大叫几声“我要加油”就好了，就不会有一不小心让汽车因没油停在路上的尴尬和麻烦。

真没想到，让汽车自己说“我要加油”的幻想，据说在日本快要成为现实了，已有汽车生产厂家试验成功。

车里有没有油，汽车最知道。让汽车自己说“我要加油”，实在是个好创意。

这个世界要进步，离不开创新。

创新之母是什么？是问题。忘了加油的车子在路上不动了，就是个问题。想方设法解决这个问题，就引出了让汽车说“我要加油”的创新。

孩提时，我天真地想：汽车会像青蛙一样能跳就好了，房子会像地球一样能转就好了。新近得知，加拿大造出了会360度旋转的商品房。

以色列有个发明大王说过这样的话：“所有的概念都是不可靠的，所有的经验都是不可靠的。别让自己的思维有框框。”

用没有框框的思维去思考，去解决我们想解决的问题，就会有美好的创新，就会产生人间奇迹。

# 85. 结婚零费用

去日本友人家作客，听说主人的儿子新近成婚，想起好多中国人结婚喜欢摆排场，费用高高，我问："你儿子结婚花了多少钱？"

他答："零费用。"

这位友人介绍说，近年来，日本一些年轻人，基于婚姻是法律概念和当事人情感需求的内涵，以为婚礼是多余的，既麻烦别人，又辛苦自己。他们倡导并践行结婚零费用。

结婚零费用，太好了。记得杨开慧婚前曾对毛泽东提了个"三不要求"，即不要彩礼，不坐轿子，不举行婚礼。结婚"三不"和结婚零费用，是一个意思。

全世界绝大多数的人结婚，至今还在举行婚礼，还在为结婚买房子，买钻石，拍结婚照。诸如此类，与婚后的生活质量有关系吗？

与婚后的爱情保鲜有关系吗？

现实告诉我们，举行婚礼的人，日后照样有婚外情，照样离婚。这就说明，婚礼是白费的，钻石是白费的。

形式是为内容服务的，不能为内容服务的形式，就叫形式主义。结婚需要的是男女双方的感情和那一份法律文书——结婚证，其余的，统统是不必要的形式，是讨厌的形式主义。

人的世界有许多传统，有些是好的，有些是坏的。结婚举行婚礼，为结婚而花费，就是一个全人类的坏传统！

离婚举行一个仪式，倒还有点意思。一日夫妻百日恩，好合好分，分手时举行一个仪式，相邀亲朋好友聚聚，既是为了纪念那段过去了的特别时光，也是为了让大家帮忙另觅新欢。